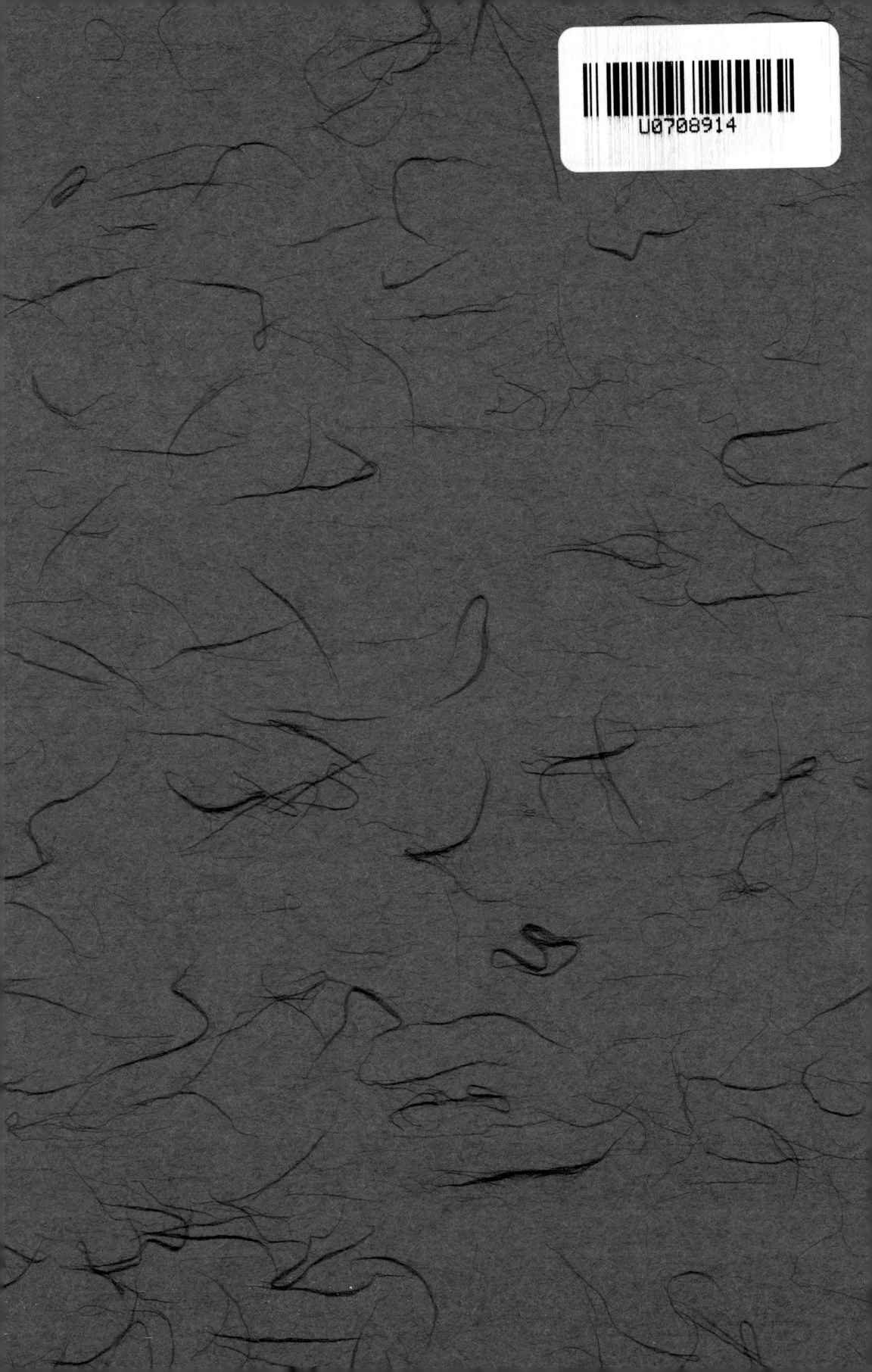

华西有所加拿大学校

和平世界书画院加拿大老照片项目小组　编

天地出版社 | TIANDI PRESS

图书在版编目（CIP）数据

华西有所加拿大学校 / 和平世界书画院加拿大老照片项目小组编. — 成都：天地出版社，2020.12
（"华西坝文化"丛书. 第二辑）
ISBN 978-7-5455-5504-2

Ⅰ.①华… Ⅱ.①和… Ⅲ.①纪实文学 – 中国 – 当代 Ⅳ.①I25

中国版本图书馆CIP数据核字（2020）第160886号

华西有所加拿大学校

HUAXI YOU SUO JIANADA XUEXIAO

和平世界书画院加拿大老照片项目小组　编

出 品 人	杨　政
策　划	漆秋香
责任编辑	曾　真
封面设计	今亮后声
装帧设计	经典记忆
责任印制	白　雪

出版发行	天地出版社
	（成都市槐树街2号　邮政编码：610014）
	（北京市方庄芳群园3区3号　邮政编码：100078）
网　　址	http://www.tiandiph.com
电子邮箱	tianditg@163.com
经　　销	新华文轩出版传媒股份有限公司

印　　刷	成都勤德印务有限公司
版　　次	2020年12月第一版
印　　次	2020年12月第一次印刷
开　　本	787mm×1092mm　1/16
印　　张	13.75
字　　数	220千
定　　价	45.00元
书　　号	ISBN 978-7-5455-5504-2

版权所有◆违者必究

咨询电话：（028）87734639（总编室）
购书咨询热线：（010）67693207（营销中心）

如有印装错误，请与本社联系调换

主　编：张　飙

副主编：崔　桦　向素珍　田亚西

执行副主编：向素珍

编　委：张　飙　崔　桦　程铁良　申再望　曾　诚
　　　　张　弛　向素珍　田亚西　王晓梅　张文森
　　　　林春柏　李　爽　王　波　邹小工

　　　　Donald Willmott（云达乐）
　　　　Liz Willmott（云丽兹）
　　　　Carole Ann Willmott（云巽悦）
　　　　Michael Crook（柯马凯）
　　　　Marion Walmsley Walker（黄玛丽）
　　　　Phyllis Beverley Donaghy（菲利斯）
　　　　Kyle Jolliffe

序 / CONTENTS

此心系处是吾乡

——写在《华西有所加拿大学校》出版之际

● 张飙

寒来暑往，经过几年的辛苦与努力，《华西有所加拿大学校》一书终于可以付梓了。此时再翻看一遍书稿，依然思绪翻滚，感慨万千。

有一种思念叫天涯故土

19世纪末，一群怀着理想和抱负的加拿大人，来到四川建医院、办大学，其中有的人为了中国老百姓的文明和健康，辛勤工作了数十年，有的甚至将生命留在了这里。如今，他们的子女已经是年届八旬甚至九旬的老人。很难想象，在加拿大，从20世纪30年代开始直到现在的80多年中，每年的10月中旬，在多伦多的一个并不显眼的餐馆里，会有一场由他们发起，由他们的子女或孙子女传承下来、从未间断的聚会。聚会只有一个主题，那就是他们与中国的情缘。

他们思念中国。对于华西加拿大学校的孩子们来说，中国虽然远在天涯，却是他们出生、成长的地方。生于斯、学于斯、长于斯，那就是自己的故乡，那就是永远的思念。

有一种文化叫相融同进

现在看来都匪夷所思，加拿大人的孩子，居然在中国受到了加拿大的正规教育。那应该归功于他们的父辈，居然在当时的中国，给自己的后代建立了一所西式学校。

但是学校在中国，就注定了孩子们与中国的一切密不可分。他们在中国厨师和保姆的影响下学会了四川话，他们在与中国娃娃一起做游戏的过程中了解了中国的少年，与他们朝夕相伴的"中国大娘"淳朴善良的品质影响了他们一生。

更有幸的是，学校的校长将博大精深的中国文化——中国书画、诗歌对联、古迹庙宇，引入了教学。而中国的辛亥革命、北伐战争、军阀混战、抗日战争等动荡的岁月带来的苦难磨炼了他们的意志，锻炼了他们的性格。成年后，他们中有外交家、医学家、物理学家、人类学家、社会活动家、实业家、艺术家、戏剧作家、编辑、诗人……离开中国后，他们中的许多人毕生致力于中加友好，有的还成了中加关系史上的重要人物。

从这些孩子精彩纷呈的人生中，可以看到，植根、成长于东西方文化交融的沃土，是他们成功的一大秘诀。

有一种大爱叫世代相传

斗转星移，多伦多小餐馆的聚会，人员也在更替。祖辈、父辈逝世，儿辈、孙辈继续着这个传统。而且，相信以后还会代代相传。

几十年过去了，历经无数次辗转迁徙，他们最舍不得扔掉、一直保存在身边的就是陪伴他们度过童年时光的件件物品。可是得知要在中国展出时，他们拿出珍藏之物，赠予成都大邑新场镇"百年历史影像馆"和四川大学华西公共卫生学院"华西加拿大学校陈列馆"。这些物品是百年历史的缩影，是他们为梦想而奋斗的见证，更是一颗颗中加友谊的爱心。

有一种境界叫命运与共

在本书编写过程中，北京举办了一场规模空前的全球政党大会。120多个国家的近 300 个政党和政治组织的领导人与会。中国国家主席习近平在开幕式上发表主旨讲话，就"人类需要怎样的命运共同体？""中国共产党将怎么做？""全球政党该怎么合作？"给出了答案。

对于本书中的加拿大友人来说，他们很早就以自己的行动，把自己和中国结成了共同体。老照片项目组一次次组织展览、编辑出版书籍，也是想把这种国际主义精神发扬光大。我们想，如果世界上具有这种精神的人越多，世界就会越安宁，人民就会越幸福。早年在四川的经历可以让加拿大人对中国念兹在兹、命运与共，为构建人类命运共同体的伟大设想提供了一个虽然很小却很真实、鲜活的事例。

魂牵梦萦的中国情结与加拿大"四川老乡"的一生相生相伴着。他们中有的人留下了遗嘱：要把骨灰带回成都，撒进华西坝钟楼前的荷花池。

这让我想到了一位伟大的四川老乡——苏轼的诗句，改了一个字：

此心系处是吾乡。

MY Hometown Is Where My Heart Is

Thoughts Before the Publishing of Canadian School in West China

● Zhang Biao

After several years of devotion and hard work, *Canadian School in West China* is finally ready for publishing. While reading the manuscript again, I can't help thinking how it came into being and what are involved in it.

There is a kind of reminiscence that can be described as hometown in a foreign land.

At the end of the 19th century, a group of young Canadian people with ideals and ambitions came to Sichuan to establish a university and build up hospitals. Some of them worked hard for more than 70 years for the civilization and health of the Chinese people, and some even gave their lives to the land. Today, their children are in their 80s or even 90s. It's hard to imagine that in Canada, during the 80 years from the early 1930s to the present, in mid-October each year, these elderly people would come to an inconspicuous hotel in Toronto for a get-together with only one theme: their connection with China.

They miss China. For the children grew up and studied in the Canadian School in West China, although China is far away, it is the place where they were born and raised. They were born here, studied here, and grew up here, so this is their hometown, a place they miss forever.

There is a culture called mutual progress in harmony.

It may sounds incredible that foreign children from Canada actually received formal Canadian education in China. That should be attributed to their fathers, who actually established a western-style school for their descendants in China.

Since the school is located in China, it is destined that these children were closely related to China. They learned Sichuan dialect under the influence of their Chinese cooks and maidservants. They got to know the Chinese teenagers while playing games with them. Those thrifty, sincere and kind "Chinese aunts" influenced their character all through their life.

It is more fortunate for these children that the principal of the school introduced the broad and profound Chinese culture into their education: Chinese painting and calligraphy, poetry, couplets, relics, temples, etc. The suffering brought about by the turbulent years of the 1911 Revolution, the Northern Expedition, the wars among warlords in China, and the War of Resistance Against Japanese Aggression honed their will and exercised their character. They later became diplomats, medical scientists, physicists, anthropologists, social activists, industrialists, artists, playwrights, editors, poets...After leaving China, many of them dedicated their lives to Sino-Canadian friendship, and some of them became important figures in the history of Sino-Canadian relations.

From these children's wonderful life stories, we can see that because they were deeply rooted in the fertile blending soil of eastern and western culture, and grew up in the environment, it turned out to be a secret to their successes.

There is a broad love called love passing from generation to generation.

As time goes by, attendants at the small hotel in Toronto are changing as well. Grandparents and parents have passed away, but their children and grandchildren continued this tradition. Moreover, we can believe that it will be passed down from generation to generation.

Decades passing by, and despite countless times of migration, the last thing they are willing to throw away are items accompanying them through their childhood. However, when they learned that there would be an exhibition to be held in China, they took out the treasured items and presented them to the Hundred Years Historical Image Museum in Xinchang Town, Dayi, Chengdu, and the Museum of Canadian School in West China at the West China School of Public Health, Sichuan University. These items are the epitome of a hundred years of history, the witness of their struggles for their dreams, and their love for China and Canada.

There is a vision called common destiny.

Upon the completion of this book, an unprecedented global political party conference was held in Beijing. Leaders of nearly 300 political parties and political organizations from more than 120 countries attended the conference. Chinese President Xi Jinping delivered a keynote speech at the opening ceremony, and gave answers to such questions as "What kind of destiny community does humanity need? ""What will the Communist Party of China do? ""How should global political parties cooperate with each other?"

For these Canadian friends mentioned in this book, they have established a community between themselves and China through their practice years ago. The Old Photography Project Group organized exhibitions, edited and published books again and again, and wanted to carry forward this spirit of internationalism. We believe that the more people in this world have this spirit, the more peaceful this world will become and the happier the people will be. The early experiences in Sichuan allow Canadians to have an understanding of common destiny, and provide a small but real example for the great vision of building a global community of shared future.

The dreams of their Chinese tie followed the life of these Canadian "Sichuan fellows". Some of them left their wills: Their ash needs to be brought back to Chengdu and sprayed into the lotus pond in front of the clock tower of Huaxiba.

This reminds me of a verse of a great Sichuan fellow poet, Su Shi, with one character changed, though:

My hometown is where my heart is.

目录
Contents

第一章
华西坝建了所加拿大学校 /02

加拿大人在四川 /03
 远涉重洋 /04
 蜀中生活 /09
 建医院 /16
 建学校——华西协合大学 /22
华西坝上的"洋娃娃" /24
华西加拿大学校的建立与发展 /32
 申请建校 /32
 华西坝上的新校舍 /36
 成长的台阶 /43

第二章
华西加拿大学校和 CS 的孩子们　/54

华西加拿大学校历任校长　/ 56

任期最长的校长黄思礼　/ 57

多姿多彩的学校生活　/ 67

中国文化的影响　/ 90

与中国人民一起经历战争　/ 106

在仁寿的日子里　/ 111

最后的岁月　/ 128

第三章
CS 孩子们精彩纷呈的人生 / 130

著名的教育家、医学家启真道（Leslie Kilborn） / 132

为中国的护理教育事业做出贡献的启智明（Cora Alfretta Kilborn） / 134

启尔德家族第三代医疗志愿者玛丽·埃莉诺（Mary Eleanor Kilborn） / 135

加拿大皇家医学院院士罗伯特·科尔伯恩（Robert Kilborn） / 136

为中国的英语教育奉献终身的伊莎白（Isabel Brown Crook） / 137

社会工作者——茱莉亚·布朗（Julia Brown） / 144

世界和平的使者文幼章（James G. Endicott） / 145

致力于宣传中国的文忠志（Stephen Endicott） / 149

为中加建交做出积极贡献的鲍勃·埃德蒙兹（Bobert Edmonds） / 150

加拿大驻华大使苏约翰（John Small） / 151

加中友协创始人苏威廉（William Small） / 152

"友好大使"云达忠（Bill Willmott） / 153

心系中国的云达乐（Donald Willmott） / 154

为中加友好做出积极努力的爱丽丝·格里菲斯（Alice Griffiths） / 156

传播中国文化的凯瑟琳·赫肯（Katharine B. Hockin） / 157

志同道合的谢道生夫妇（Dr. Charles William and Norma Ena Service） / 158

医学博士伊丽莎白·布瑞曼（Elizabeth Bridgman） / 160

实业家希拉·刘（Sheila Liu） / 160

放射治疗先驱哈罗德·琼斯（Harold Johns） / 161

物理学家萨姆尔·巴特多夫（Samuel Batdorf） / 161

教育家葛秀兰（Margaret Julia Graham） / 162

医学博士霍华德·里杰斯坦（Howard Liljestrand） / 163

第四章
往事华西 情牵百年 / 164

心灵的守望 / 165
    难以割舍的中国情 / 166
    随处可见的中国元素 / 168
    忘不掉的"家乡味道" / 170
重返中国家园 / 172
CS 孩子的珍藏 / 186
世代相传的"CS 聚会" / 190
悠悠中国情 / 195

后　记 / 203

参考书目及文献 / 206

图片和资料提供者 / 206

第一章

华西坝建了所加拿大学校

加拿大人在四川

> 这是曾经的往事，也是今天的故事……

在成都护城河外以南的华西坝，有一座古朴典雅、中西合璧、奠基于1915年的建筑。这是一所专门为解决在四川的教育和医学传教士的孩子的教育问题而修建的从幼儿园至高中的全日制学校——华西加拿大学校（Canadian School in West China），简称"CS"。这栋特殊的历史性建筑所承载的与华西血脉相连的故事，以及衍生的多彩多姿的文史价值，都足以让后人震撼。

1926年，最后建成的CS新楼。

远涉重洋

19世纪后期,随着工业革命的不断发展,欧美发达国家在全球的经济和文化扩张加速,新教传播福音的运动在加拿大全国范围内展开。

伴随着西方传教士来华的浪潮,从1892年至1952年,60年的时间里,一大批加拿大人远涉重洋,陆续来到四川行医、兴学、传播现代文明,为中国西部教育与医学的发展做出了重要贡献。他们在这里安家落户,把生命年华、学识技能、家族记忆都留在了这里。

他们在四川创办了中国西部第一家西医诊所,开办了第一家牙科医院,创建了第一所教会大学——牙医为主、文理并重的华西协合大学,并使之成为我国口腔医学的发源地。他们留下的故事,感人至深。

20世纪40年代末50年代初,这些传教士和他们的子女(孙子女)陆续离开中国,回到自己的国家。至此,他们中的许多人已在中国工作了数十年,有的一家五代都服务于中国。

1891年10月4日,第一批加拿大人离开温哥华,开始了他们新的人生。
照片为他们离别温哥华前的合影。
前排由左至右:赫斐秋博士(Rev. V. C. Hart)、赫斐秋夫人(Mrs. Hart)、史蒂文森博士(Dr. D.W. Stevenson);
后排由左至右:何忠义(Rev. G.E. Hartwell)、何忠义夫人(Mrs. Hartwell)、启尔德博士(Dr.O.L. Kilborn)、启尔德的第一任妻子珍妮·福勒(Jennie Fowler,1892年因患霍乱病逝于成都)。

"扬子江——通往中国西部的水上高速",这是当年通往四川的唯一通道,这些加拿大人乘坐这样的木船到达中国内陆(约1910年)。

进入四川的必经之道——三峡(20世纪初?)

1892年至1948年期间,一共有122名女传教士先后被派到四川工作。她们的工作主要集中在教育、医学、慈善等方面。

图为在太平洋上乘船前往中国的女传教士(1910年)。

第一排:涂源清(Olive M. Turner,左)、米玉香(Ethel McPherson,右);

第二排:柳文秀(Alice L. Estabrook,左)、Charlotte A. Brooks(右);

第三排:席尚珍(Mary Totten Smith);

第四排:夏云峰(Vellettia A. Shuttleworth,左)、党春芳(Mabel E. Thompson,右)。

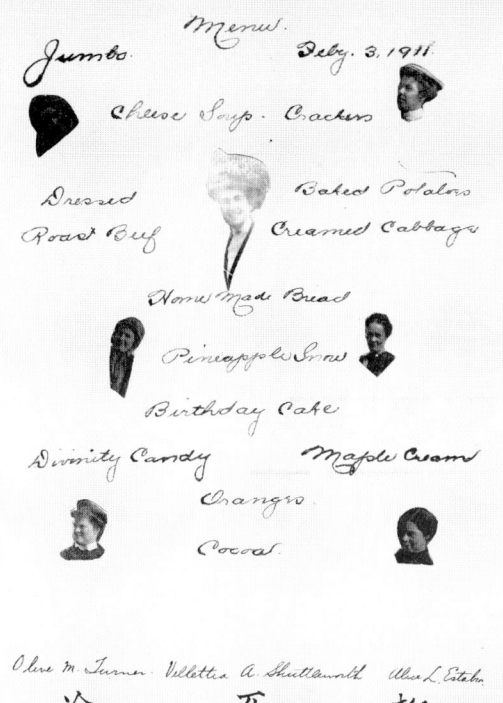

行程：

1910年10月19日：离开温哥华

1910年11月03日：到达日本，停留20天

1910年11月23日：离开日本

1910年11月29日：到达上海

1910年12月10日：离开上海

1910年12月14日：到达宜昌

1910年12月28日：离开宜昌

1911年01月27日：到达重庆

1911年03月04日：到达嘉定

接下来开始陆路行程：乘坐滑竿，在仁寿停留一天

1911年03月08日：到达成都

7人中除Charlotte A. Brooks外，其余6人都是第一次来中国。图为这6人的中文名字。

柳文秀在下面这张地图上详细记录了她们从宜昌到重庆的每一个时间节点。

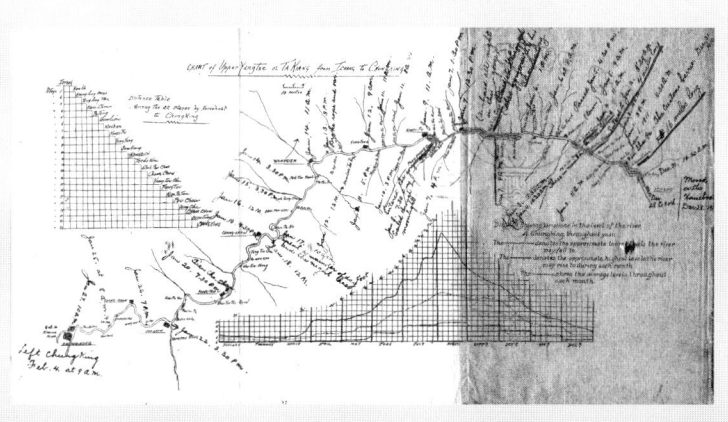

1921年,6名年轻人乘坐"俄罗斯皇后"号轮船从温哥华前往中国。他们中有的日后成了华西协合大学颇有影响的人物。6人从左至右为:黄思礼(Lewis C.Walmsley)、云从龙(Earl Willmott)、启真道(Leslie Kilborn)、Harold Swann、Ernest Edmunds、Morley Sellery。

1921年乘坐"俄罗斯皇后"号轮船从温哥华前往中国的加拿大人。

蜀中生活

从踏上四川土地的那一刻起,他们就以一个四川人的角色开始了在这里的生活。

他们学习中文、修建医院、兴办学校,大力普及教育、传播现代科学知识。

1904年在四川的加拿大人

在四川的居所(20世纪初)

加拿大人融入普通四川人的生活。（20世纪初？）

第一章：华西坝建了所加拿大学校

1923年在成都的加拿大传教士家庭

为了更好地与当地人沟通，这些加拿大人到四川后的第一任务是学习中文。

图为1917年出版的、启尔德博士为在四川的外国人编写的用英语音标标注四川方言发音的中文教材（部分内文）。一百多年前的教材里的四川方言相当生动活泼、幽默风趣。书中的许多方言已经不常用。该书为我们今天研究地方方言提供了很有价值的帮助。

Gordon Jones与中文老师（1911年）

饶和美夫妇在成都四圣祠北街的家里学习中文。（1914或1915年）

Stinson夫妇在学习中文。（1938年）

成都女子学校（20世纪初？）

加拿大老师和成都女子小学的学生在做游戏。（20世纪初？）

第一章：华西坝建了所加拿大学校 | 15

盲聋哑学校的师生（20世纪初？）

加拿大老师照顾他们创办的学校中的孩子们吃早餐。（20世纪初？）

建医院

1892年11月3日,启尔德与斯蒂文森在成都四圣祠北街租用民房,创办的川西地区历史上第一家西医诊所(当时称"福音堂平民诊所")开业。当天,他们共接待了18名患者。从此,西医走进了成都普通百姓家。

在诊所候诊的病人(1892年)

成都四圣祠北街12号福音堂平民诊所(1912年)

1896年，启尔德的夫人启希贤（Gifford Kilborn）博士在成都开始了妇女儿童的医疗工作，随即，在新巷子正式建立了西部第一家专为妇女儿童服务的女医院。1912年，女医院迁入在惜字宫南街新建的大楼，定名为"仁济女医院"。1940年，仁济女医院失火后并入仁济男医院。

1913年1月，由地方政府补贴1500两黄金新建的福音男医院开业。新的男医院大楼气势恢宏，三层主楼带多个阁楼，医院设有内科、外科和花柳科，120张床位，11位医师，可开展门诊、住院、检验、手术等。其医技实力在当时的四川首屈一指。医院同时成为四川红十字医院。后来，医院更名为"仁济男医院"。

男、女医院一直坚持对富人收费而对穷苦人免费，还专门设置了免费病房，但服务则一视同仁。

1914年仁济男医院、1915年仁济女医院分别开办男、女护士学校，开西部护理教育之先河。自1914年华西协合大学开办医科起，仁济医院即作为医科学生临床课教学医院。在1946年华西协合大学附属医院（今华西医学中心）建成后，又将仁济医院的部分人员和业务迁入，因此，仁济医院也成为华西医学中心的重要源头。

抗战期间，男、女医院成为当时三大学联合医院的主体，是大后方医疗技术水平最高的医院之一。

合并后的仁济医院在1950年被人民政府接管后组建为今天的成都市第二人民医院。

中国西部第一家妇女儿童医院（20世纪初）

1950年仁济医院被人民政府接管后组建为成都市第二人民医院。

在1946年建成的华西协合大学附属医院基础上发展起来的华西医学中心，已经成为中国西部疑难危急重症诊疗的国家级中心，也是目前世界规模第一的综合性单点医院，拥有中国规模最大、最早整体通过美国病理家学会（CAP）检查认可的医学检验中心。图为最早的"华西医院"。

最早的牙科诊所在成都市四圣祠北街的这栋医院大楼的一个小房间里。这个小小的牙医诊所成为中国现代口腔医学的发源地。林则博士从1907年到达成都，在四圣祠北街开办牙科诊所开始，到1951年离开成都的40多年时间里，为中国培养了一大批口腔医学人才。今天的华西口腔享誉全球，成为世界一流的口腔医院。

重庆仁济医院（20世纪初？）

乐山的福音医院（1924年）

泸州西医门诊大楼（1911年）

四川荣县医院（1914年）

自贡仁济医院（1939年10月10日被炸）

建学校——华西协合大学

1910年3月11日,由美、英、加三国基督教会的5个差会联合创办的华西协合大学正式开学,开创了教会组织在中国西部兴办大学的先河。走过百年长路,华西协合大学(今四川大学华西医学院)已是一座集高等医学教育、医学科研和技术创新、疑难重症诊疗中心于一体的国家级医学中心。

华西协合大学(20世纪30年代)

第一章：华西坝建了所加拿大学校

华西协合大学

华西坝上的"洋娃娃"

这些加拿大人完全融入了四川普通人的生活,他们在这里安家、学习、工作,在古老的川西平原生儿育女。

在成都、灌县(今都江堰)、峨眉山,或是重庆、自贡、乐山……随着一声声婴儿的啼哭,一个个"洋娃娃"呱呱坠地。

这些"洋娃娃"一出生,就注定与中国语言、文化、风俗习惯及生活方式密不可分。他们的第一语言——中文,来自他们的中国厨师和"中国大娘"(保姆);他们在箩筐、背篓和木制小摇车里渐渐长大;他们与中国娃娃一起做游戏、玩泥巴、滑滑梯;从嗷嗷待哺到蹒跚学步,与他们朝夕相伴的中国大娘是他们另一意义上的"母亲"。"中国母亲"淳朴善良的品质影响了他们一生。

在四川出生的孩子(1939年)

(20世纪30年代)

由于父母忙于工作,"洋娃娃"们一出生,就由他们的"中国大娘"(保姆)抚养、照料和陪伴。他们在中国大娘的精心照料下成长,与中国大娘建立了深厚的感情。(20世纪30年代)

（1939年） （20世纪初？）

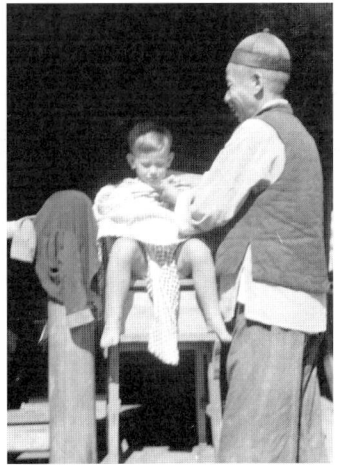

（1933年） （20世纪30年代）

"洋娃娃"中国式的成长经历：在背篓、箩筐、木制童椅、中国式理发中渐渐长大。

第一章:华西坝建了所加拿大学校 | 27

华西坝上的"洋娃娃"(20世纪30年代)

游戏中的孩子（20世纪20年代）

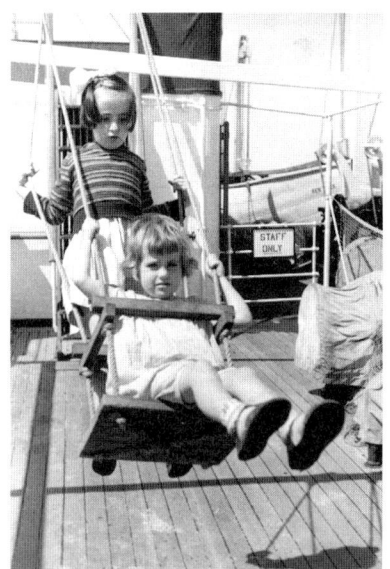

游戏中的"洋娃娃"(20世纪30年代)

"洋娃娃"与中国孩子一起滑滑梯、推鸡公车。(20世纪30年代)

"洋娃娃"和中国孩子一起玩。（20世纪30年代）

华西加拿大学校的建立与发展

申请建校

随着这些孩子渐渐长大,上学的尖锐问题摆在了父母们面前。他们面临两种选择:一是将孩子送到加拿大或者外地读书,这就意味着他们将与子女长期分离;二是在本地建一所学校,让孩子就近入学。

1903年,加拿大卫理公会开始认真考虑在四川的加拿大人子女的教育问题。同年,华西理事会向妇女传教会申请派出适合的女教师。理事会计划仅建立小学而非寄宿学校。

1904年,华西理事会强烈建议并敦促在成都开办一所寄宿学校。他们声明捐赠和酬金几乎能全部覆盖教师的薪水。理事会再次要求立即派出合适的教师。

华西理事会成员(1912或1913年)

重庆"鸭儿凼"的加拿大学校（20世纪初）

20世纪初，在重庆南岸一个叫"鸭儿凼"的地方建立了一所规模不大的加拿大学校，共有2名教师：Miss Hunt 及 Miss Jones。1905年，有5个在成都的孩子被送到重庆念书，他们是启尔德的长子启真道（Leslie G. Kilborn）和长女黄素芳（Constance Kilborn），文幼章（James G. Endicott）和他的妹妹Enid Endicott、Mary Endicott。

1906年，教会总理事会在加拿大为传教士的子女安排上学并同意母亲陪伴子女归国。

1907年，教会总理事会批准了代表团的提议，要求华西理事会在成都详细考察建立一所寄宿学校所需要的成本、收入及可行性。

1908年，理事会建议在成都选址，开办寄宿学校，并希望在接下来的两年内建一栋楼作为教师公寓以及能容纳40名学生的学生宿舍。

1908年秋天，教会总理事会派出女教师乐娜·珂尔（Lelah Ker）前往四川。乐娜·珂尔于1909年3月5日到达成都。

1909年3月9日，华西加拿大学校在成都四圣祠北街一座平房里正式开学，共有5个学生：4个加拿大人、1个美国人。这5人包括后来成为著名国际和平使者的文幼章和他的兄弟。学校被命名为Canadian School，简称"CS"，即加拿大学校，在此读书的学生则称自己为"CS孩子"（CS kids）。学校只招收12岁以下的孩子入学。乐娜·珂尔女士成为第一任校长。学校的教学理念为：让教育真正地实现塑造个性这一生活最高目标。

学校的设施相当简陋，校舍、黑板、粉笔、课本、写字板、钢笔、纸或铅笔无一配备。于是，教堂后面的房间被征用作教室，从幼儿园借来了黑板，从教会出版社买来了铅笔、纸和中国粉笔，任何能用作教材的东西都被用于教学中。

1910年9月，3名女生成为寄宿生。此时，校舍已难以容纳日益增多的学生，继而扩大到四圣祠教堂的中国牧师家。随后又将街对面的一间中式建筑（现成都市第二人民医院所在地）作为华西加拿大学校的第二教学用房。

1911年辛亥革命爆发，学校停课，学生随父母撤离。

1912年学校复课，学生陆续返回学校。

华西加拿大学校成立时在成都四圣祠北街的校舍和第一任校长乐娜·珂尔（1909年）

成都四圣祠北街CS的部分教职人员

华西加拿大学校校徽

CS旗标

CS第一批学生之中的两名——文幼章兄弟

华西坝上的新校舍

1915年12月17日,华西加拿大学校新校舍在华西协合大学校园内奠基。校长乐娜·珂尔在致辞中说:"我们渴望在城外获得新土地。孩子们想要播种他们自己的种子并守护它们成长;他们想要体育馆;他们想要足够的空间尽情游戏;他们想要宽敞的教室,这样每次起立的时候才不会踩到身边同学的脚或者碰到身边同学的胳膊肘;他们想要宽阔的校园,这样,想来学校和他们一起学习、生活的堂表兄弟姐妹都能如愿以偿。"

1915年12月17日,华西加拿大学校大楼奠基照片

后排:(从左到右,下同)Mr. Jas. Neave、××××、Bob Allan、Miss White(Matron)、Ted Canright、Winifred Service、××××,Miss Lelah Ker(校长)、Margaret Nicolson、Evelyn Fergusson、Dr.C.R. Carscallen

中间:Carman Brace, Margaret Service, Mabel Hoffman, Jeannie, Ellen and Ada Neave, John Davies, Wilford Brace, Maryand Whytlock Westaway, Vera Vardon, Frances and William Service, Jim Nicolson, Charles and Kathleen Carscallen

前排:Mr. Fred Abrey, Mr. W. N. Fergusson, Dr. Alfred Johns &Martin, Dr. J. L. Stewart &Elizabeth, Mrs. C. R. Carscallen & Alice, Mr. Harold Robertson, Mrs. C. B. Kelly, Mrs. Chas. W. Service, Mrs. Jas. Neave, Miss Geraldine Hartwell, Mrs. J. L. Stewart, Mr. A. J. Brace, Mr. W. Lundy, Mr. and Mrs. Percy Westaway & ××××, Mr. and Mrs. N. E. Bowles &Muriel, Mrs. Leonardwith Etheridge & Alice, Mr. W. M. Leonard, Dr. E. W. Wallace, 中方合约人

1915年，CS的孩子们聚集在健身房前，一座新的加拿大学校将坐落在它的旁边。

1918年3月11日，新学校主体大楼竣工，只有主楼，没有副楼。同年9月11日搬入新校，迎来了华西加拿大学校发展的崭新时代。启希贤博士负责组织学校的搬迁工作，并担任第一任舍监，负责学校的运营管理。此时学校已有近100名在册学生。

1919年，设立高中部一事被提上议程，但因条件暂不具备没有招生。

1920年，北楼建成，一年以后南楼竣工。1926年秋天，西楼投入使用，学校拥有了新的教室、公寓、餐厅和礼堂。

1918年，新学校大楼主体竣工。

1922年，加拿大学校第一届高中部正式招生，共招收了8名学生。

1926年秋天，加拿大学校原计划招生120人。此时发生了震惊中外的"万县惨案"。受此影响，学校停止招生，学生陆续随父母撤离。

1927年春天，全体师生撤离。

1928年秋天，一小部分学生回到四川。由于人数太少，这些学生集中在成都四圣祠北街教会出版社旁的一间房屋里上课。

1929年，越来越多的家庭陆续返回成都。学校开始迁回华西校园正式上课。

1939年春天，为躲避日本飞机轰炸，加拿大学校从成都暂时迁往峨眉山上课。同年秋天，学校迁往四川仁寿。

1943年，由于经费无力支撑，加拿大学校关闭，部分学生前往印度伍德斯托克学校（Woodstock School）就读，少数留在四川，多数学生则回到了加拿大。

1947年秋天，加拿大学校重新开学，学生陆续返校复课。

1949年秋天，学校学生的数量已减至10人，学生们搬到了刚腾出来的、位于大学校园里的斯廷森（Stinson）家上课。

1950年7月，加拿大学校正式关闭。1952年，所有的加拿大学校的孩子随他们的父母离开中国，回到加拿大。从此，加拿大学校的孩子结束了他们的中国生涯。

1926年，最后建成的CS新楼。

CS小礼堂（1926年）

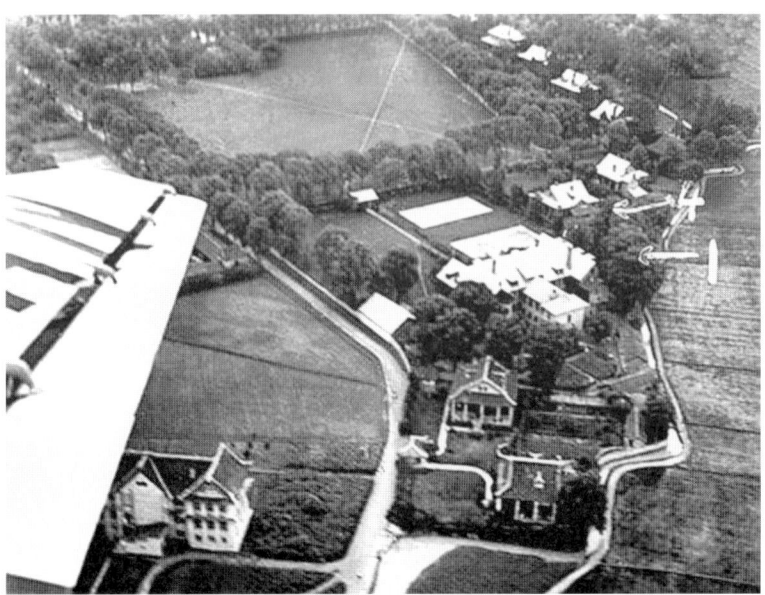
从空中俯瞰华西加拿大学校及华西校园。（20世纪30年代）

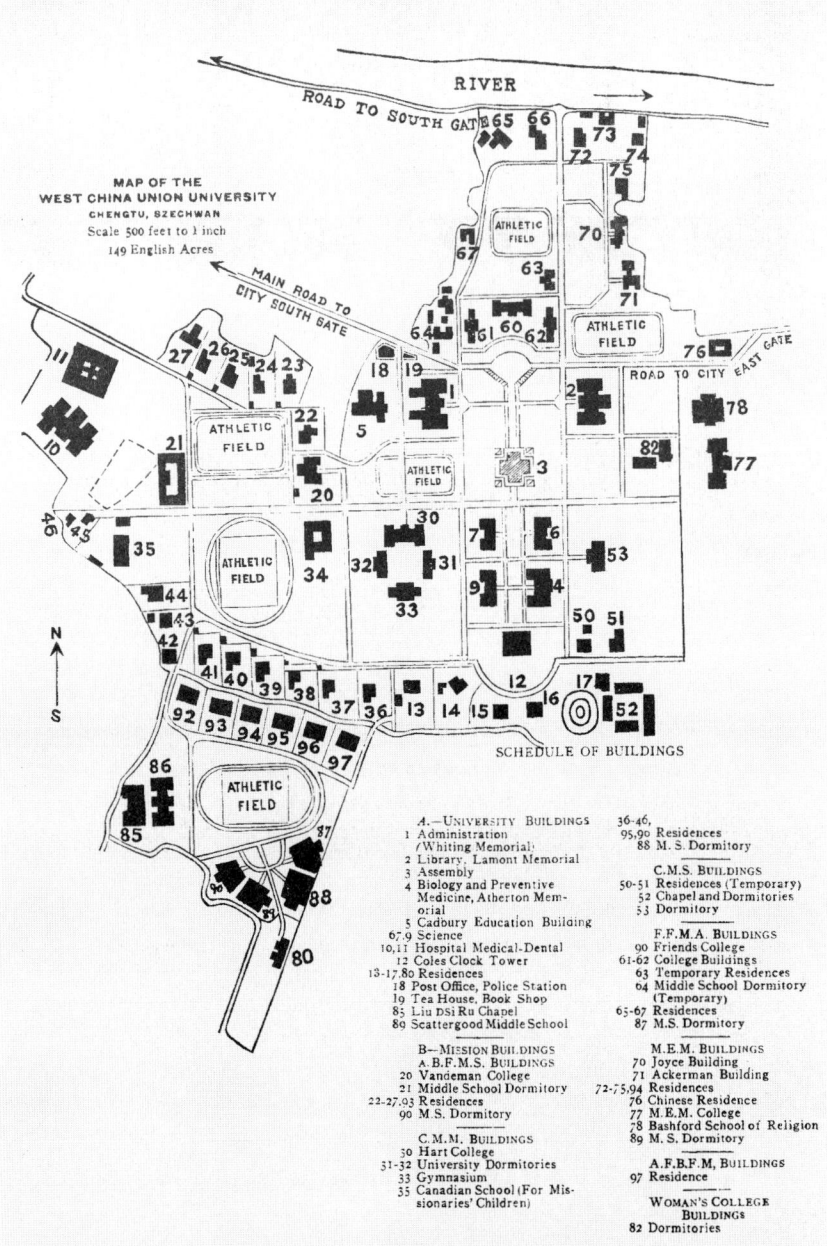

20世纪20年代，华西协合大学示意图，其中35为华西加拿大学校。

第一章：华西坝建了所加拿大学校 | 41

1922年在华西协合大学行政管理楼举办加拿大学校成果展，参观展览后的学生在行政楼的阶梯上合影。

第一排：（从左至右，下同）Bob Irish, Harold Johns, Anna Soper, Sam Batdorf, Eleanor Muir, Freda Crutcher, Martin Johns, Etheridge Leonad

第二排：Charlotte Small, Priscilla Yard, ××××, Catherine Leonard, Kay Irish, Murray Bayne

第三排：Edna May Quentin, Harold Rappe, Tom Torrance, Lois Cox, Carol Allan, Katharine Hockin, Agnes Crutcher, Marie Elson, Edna Barter, Bob Hartwell, Charles Kelly

第四排：Katherine Cox, Winnifred Batdorf, Elizabeth Yard, Frances Crutcher, Margaret Quentin, Elizabeth Beech

最后排：Ruth Barter, Edna Earle, Frank Mortimore, Harvey Freeman Delmer Earle(Caesar), Paul Taylor, Wiford Brace, Gordon Muir, Carman Brace, Ruth Barter, Jean Elson, Tom Freeman, Marian Mortimore, Chester Rappe, Paul Elson

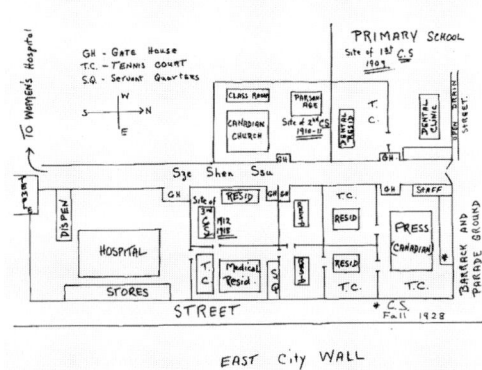

这张图标明了成都四圣祠北街加拿大学校的位置。

孩子们在新楼里上课（20世纪20年代）

孩子们上午的课有：数学、物理、化学、生物、历史、文学、语言、科学、地理、自然等。下午通常是课外活动，学生们有充裕的时间了解社会，学习课堂以外的知识，培养广泛的兴趣爱好。

1949年5月24日，加拿大学校举办了最后一次运动会。

成长的台阶

华西加拿大学校门前有一个特殊的台阶,亦如学校大楼承载着岁月的变迁,书写着时代的记忆,延续着一百多年的情感寄托,成为华西加拿大学校的孩子们茁壮成长的历史写照。无论低年级还是高年级,台阶上一次次拾阶而坐的孩子们,一茬又一茬你来我往;无论表演试装还是班级典礼,台阶上总是一次次盛满了孩子们的欢声笑语和五彩缤纷的梦想。今天,当初一张张稚气的童真笑脸已变为一个个耄耋老人的脸庞,但当他们重新走上台阶,就犹如回到久远的年代,那一张张可爱的笑脸和一个个成长的身影一一回放和闪烁在人们的眼前。

1918年9月11日,孩子们终于迎来了CS的搬迁。他们曾一次次去看学校的修建进度,期待着早日搬进位于华西协合大学校园里的新楼。图为第一批搬进新学校的师生在阶梯上留下了第一张阶梯合影。
第一排:(从左至右,下同)William Service, Leonard Crawford, Paul Churney
第二排:Alice Jolliffe, Delmer Earle, Marvin Carson, Vera Vardon, Charlie Carscallen
第三排:Frances Service, Edna Earle, Mary Sibley, Jeannie Neave
第四排:Kathleen Carscallen, Douglas Smith, Margaret Neave, Egbert Carson, Robert Allan
第五排:Katharine Hockin, Carol Allan, Gordon Muir, Frank Neave, Carol Rudd
最后排:Lnez Marcellus, Ellen Neave, Evelyn Fergusson, Cecil Hoffman, Homer Brown, Margaret Service, Winnifred Service, Mabel Hoffman, Lily Grainger

1924年华西加拿大学校师生合影。

1925年华西加拿大学校师生合影。

第一排：（从左至右，下同）Helen Carscallen, Norma Thompson, Edward Johns, Muriel Kern, Jack Dickinson, Peter Quentin, Margaret Sparling, Douglas Best, Mollie Dickinson, Beryl Crawford, Freda Crutcher, William Small, Muriel Bowles, Paul Jolliffe, Julia Brown, Helen Meuser , Rickie Kelly, Bill Jolliffe, Oscar Liljestrand, Jessie Freeman

第二排：Bordon Muir, Edward Jolliffe, Robert Longley, Ernest Jensen, Robert Hartwell, Leonard Crawford, Paul Taylor, Howard Liljestrand, Martin Johns, Adair Morrison

第三排：Catherine Cox, Katharine Hockin, Lydia Ortolani, Margaret Graham, Douglas Muir, Marie Elson, ××××, Charlie Kelly, Elizabeth Beech, Katharine Beech, Lydia Humphreys, Ruth Sparling, Madeline Crawford, Florence Sparling, Beatrice Longley, Sadie Jolliffe

第四排：Muriel Wilford, Gilda Ortolani, Grace Jolliffe, Margaret Quentin, Jean Elson, Lois Cox, Winnifred Batdorf, Mary Albertson, Mary Torrance, Margaret Frank, Maggaret Torrance, Eleanor Kelly, Junior Beech, Edna May Quentin

第五排：Harold Soper, William Service, Anna Soper, Alice Carscallen, Tom Torrance

第六排：Charlie Jolliffe, Robert Beech, Brockman Brace, Robert Lijestrand, Malcolm Allan, Margaret Meuser, David Albertson, Muriel Beaton, Sam Batdorf, Lorna Neave, Harold Johns, Stanley Best, Kathleen Would, Betty Dickinson, Beth Stewart

最后排：Carman Brace, Egbert Carson, Tom Freeman, Mary James ,Paul Elson, Elizabeth Wilson, Harvey Freeman, L. C. Walmsley, Roland Landry, Mary Lamb, Wilford Brace, Orlando Jolliffe, Louise Beaton, Amy Bruce

1926年华西加拿大学校高中部师生合影。

第一排：（从左至右，下同）Tom Torrance, Charlie Jolliffe, Orlando Jolliffe, H. D. Brown, W. C. Crawford, Ernest Jensen, Charlie Kelly, Robert Irish

第二排：Robert Hartwell, Howard Liljestrand, R. G. Agnew, G. S. Sparling, Constance Walmsley, L. C. Walmsley, H. G. Brown, S. Soper, C. B. Kelly

第三排：Sadie Jolliffe, Margaret Neave, Anna Soper, Margaret Franck, Grace Jolliffe, Lois Cox

最后排：Charlotte Small, Catherine Cox, Margaret Quentin, Elizabeth Beech, Madeline Crawford, Lydia Humphreys, Katharine Hockin, Leonard Crawford

1930年华西加拿大学校师生合影。

1932年华西加拿大学校师生合影。

第一排：（从左到右，下同）Bill Hibbard, Mary Kilborn, Bob Hibbard, August Lovegren, Omar Walmsley, Bruce Dickinson, Bunny Phelps, Frances Kilborn, Jean Graham, Gwen Kitchen, Dorothy Simkin

第二排：Louis Jrnsen, Joy Willmott, Doris Hibbard, Robert Kilborn, Neil Bell, Glenn Walmsley, Bill Phelps, Frances Jolliffe

第三排：Christine Kitchen, Gladys Plewman, Mildred Lovegren, Muriel Kitchen, Muriel Brown, Dorothy Graham, ××××

第四排：Donald Walker, Donald Crawford, Jack Mullett, Paul Jolliffe

第五排：Mae Hickling , Jane Hibbard , Jullian Brace, John Small, Peter Quentin

第六排：Katharine Willmott , Muriel Brown , Dorothy Sparling , Anna Dickinson , Anna Morse

第七排：Jeannie Neave, Isabel Brown, Mollie Dickinson, Betty Dickinson, Lewis C. Walmsley, Gerald Bell , Jean Bridgman

最后排：Barbara Jones, Margaret Sparling, Julia Brown, Florence Allan, Brockman Brace, William Small, Dorothy Sparling, Janet Joy Allan, Beryl Crawford

1932年华西加拿大学校高中一年级13班学生与校长黄思礼先生合影。
前排：（从左至右，下同）Margaret Sparling, Isabel Brown
后排：Brockman Brace, Lewis C.Walmsley, Betty Dickinson

1934年华西加拿大学校师生合影。

1936年华西加拿大学校师生合影。

第一排：（从左至右，下同）Robert Agnew, Foster Stockwell, Margaret Agnew, Ann Williams, Doug Mocrieff, Dick Willmott, Margaret Simkin, Enid Walmsley, Joy Maxwell

第二排：Don Reed, Omar Walmsley, Newton Reed, Arthur Edmonds, Bob Moncrieff, Shirley Tomkinson, Margaret Smalley, Jean Graham

第三排：Louis Jensen, Christian Mathieson, Glenn Walmsley, Don Willmott, Ruth Rackham, Nina Morosoff, Margaret Stockwell

第四排：Jim McCurdy, Howard Plewman, Sven Liljestrand, Nan Rackham, Gwen Kitchen, Mary Jolliffe, Frances Jolliffe

第五排：Clare McGowan, C. J. P. Jolliffe, Constance Walmsley, Susan Haddock, Mabel Money, E. C. Wilford

第六排：Neil Bell, Jean Moncrieff, Dorothy Reed, Joy Willmott, Gladys Plewman, Julia Quentin, Florence Allan, Muriel Kitchen, Peggy Wood, Pat Wilford

第七排：Bill Gentry, Dorothy Graham, Muriel Brown, Janet Joy Allan, Beryl Crawford, Eleanor Anderson, Christine Kitchen

最后排：Oscar Liljestrand, Peter Quentin, John Wilford, Donald Crawford, L. C. Walmsley, Ted Best, Paul Jolliffe, Jesse Moncrieff

1936年春天华西加拿大学校高中生合影。

1939年迁往仁寿前部分华西加拿大学校师生合影。

1948年春天，华西加拿大学校学生演出后合影，这是最后一个班级。

第一排：（从左至右，下同）Helen Bacon, Dora Ann Stinson, Joy Fisher, Hannah Fisher, Gavin Smith, Dorothy Day, Inga Holth

第二排：Tom Holth, Dorothy Bacon, Paul Smith, Robert Hayward, Bob wager

第三排：Ruth Smith, Margaret Smith, Phyllis Allen, Murray Webster, Wendy Foy, Jean Hayward

最后排：Gwenyth Allen, Bill Willmott, Marion Walmsley

第二章

华西加拿大学校和CS的孩子们

从1909年起，"CS孩子"这一称谓被他们作为一个固定名词沿用至今，已经用了整整111年。

这是足以让他们骄傲的称谓。

从他们记事起，就在这所学校启蒙、学习、成长，他们的人生从这里起飞；置身于这座中华大地上的西式学校里，他们受到了独一无二、水乳交融的中西方文化的熏陶，受益终生；学校独树一帜的教育理念和宽松的学习环境，培养了他们独立思考、勇于担当的优秀品质。从1909年开学至1950年关闭的41年间，学校经历了辛亥革命、北伐战争、军阀混战、抗日战争等动荡的岁月。这些苦难磨炼了他们的意志，锻炼了他们的性格，也加深了他们对中国的感情，成为他们生命中一笔不可多得的人生财富。

这是足以让他们骄傲的经历……

华西加拿大学校历任校长

第一任校长：乐娜·珂尔(Lelah Ker) (任期1901—1923)

1909年，乐娜·珂尔女士放弃了在加拿大待遇优厚的工作，成为CS第一任校长。她从落实校舍、购买黑板、粉笔、课本、写字板、钢笔、纸和铅笔开始着手学校的创建工作。乐娜·珂尔女士认为加拿大学校的理想办学理念是："让教育真正地实现塑造个性这一生活最高目标。"她的教学理念和由她订立的全新教学科目为日后CS的发展奠定了良好的基础。

第二任校长：黄思礼(Lewis C. Walmsley) (任期1923—1948)

1921年秋天，黄思礼与新婚妻子黄素芳（Constance K. Walmsley）受加拿大卫理公会派遣来到四川，于1923年接任CS第二任校长。1948年春天，黄思礼应多伦多大学东亚研究院邀请离开中国回到加拿大。黄思礼担任CS校长25年，把自己最美好的人生岁月献给了这所学校。

第三任校长：纽康比(Rev. Erwin E. Newcombe) (任期1948—1950)

1948年秋天，纽康比携妻子来到成都担任第三任CS校长，直到1950年学校关闭。

任期最长的校长黄思礼

第二任校长黄思礼（Lewis C. Walmsley）
（任期1923—1948）

1921年，6对年轻夫妇乘坐"俄罗斯皇后"号轮船从加拿大温哥华前往中国。他们中有的日后成了华西协合大学颇有影响的人物。
前排中为云从龙；第二排左一为黄素芳，右一为启真道；最后排为黄思礼。

1897年，黄思礼出生于加拿大安大略湖皮克顿附近的一个农场主家庭。他的父亲希望他像两个哥哥一样从事农业。但是，黄思礼有着自己的梦想和计划，他希望读书并从事学术研究。1919年，他从多伦多大学维多利亚学院毕业，取得数学和物理双学位。

当时，到东方去传教的运动激励着许多加拿大青年，黄思礼也渴望到遥远的东方去实现自己的人生价值和抱负。他当时的想法是去日本。但是，在多伦多大学读书期间，他与一位温柔漂亮、酷爱戏剧表演的女同学康斯坦斯（Conetance Kilbom）相爱了。康斯坦斯出生在中国的四川成都，父亲是四川现代医学的开拓者启尔德。康斯坦斯希望黄思礼跟她一起去中国。大学毕业后，两人结为夫妻。1921年，他俩与康斯坦斯的哥嫂启真道夫妇、云从龙夫妇等一群满怀热情、风华正茂的年轻人从加拿大温哥华登上"俄罗斯皇后"号轮船，一同前往中国。到中国后，他为自己取了一个中国名字——黄思礼。康斯坦斯也取名黄素芳。从此，他和他的家庭与中国结下了不解之缘。

1923年，在成都学习了两年中文后，黄思礼被任命为华西加拿大学校校长。这一安排让黄思礼有点意外。他没有想到满怀抱负来到中国，竟是去做一个"孩子王"。但是，他接受并很快适应了这一角色，一干就是25年。凭借矢志不渝的努力、才华和人格魅力，黄思礼成为一位深受家长和孩子们爱戴的、当之无愧的教育家。

在漫长的校长生涯中，黄思礼全身心投入对孩子们的培养教育中。他注重课堂与实践相结合，将博大精深的中国文化引入教学之中，组织孩子们学习中国书画、鉴赏诗歌、收集春联、参观古迹、走进庙宇、制作风筝、品尝川菜，等等。他秉承建校初期"让教育真正地实现塑造个性这一生活最高目标"的办学理念，形成了一套独具特色的教育模式和理念，培养出了一批批个性鲜明、独特，想象力、创造力丰富，具有吃苦耐劳、无私奉献精神，有较高人文素质和高尚品格的学生。

黄思礼除担任华西加拿大学校校长外，还教授数学、化学、物理、科学及体育课程。他的妻子黄素芳则教授英语、文学、历史和西方戏剧，并兼任学生美育教育工作，组织排演戏剧与歌舞剧。在授课中，黄思礼把教室变成了孩子们愉快的天堂，他说："我从自己的成长经历中知道孩子们需要什么，我要让教室里充满着快乐、洋溢着欢笑；教室是孩子们获取知识的殿堂，也应该是他们玩乐的地方。"

A Message from Mr. Walmsley
(excerpt from 1936 CS Magazine)

Dear Boys and Girls:

I shall express a few of my thoughts and wishes for you as I try to follow you down the course of the next ten, fifteen or twenty years.

What will the years do to you? What will you be like in fifteen years from now? Where will you be? What will you be doing? Should I like to know you then, or should I come away from our meeting disappointed?

Life should be a growing, an ever enlarging experience with expanding capacity for happiness, joy and rich satisfaction. I hope you will never want to fool yourselves into trying to seem "grown up" and mature by appearing sophisticated and superior, or hard-boiled, or disillusioned, or cynical.

On the other hand, I hope that you will be able always to keep the vision of faith and confidence in life, that when you grow up you will do great things, that nothing is too great to expect from you; that the world has no limits for you! Keep those dreams! (That is advice, not a hope.) No man without a dream has ever accomplished anything in this world of ours. The coming age belongs to the youth of today. The world never needed men and women with vision more than it does today.

I hope that you will never lose faith in the downright goodness of those who are travelling along life's way with you. I hope that you will never lose faith in the goodness of the Universe, believing that here about us are all the conditions necessary for the finest possible development of your own unique personality. I hope that you can have that confidence in men that will inspire the best that is in them. I covet for each one of you the experience of seeing in another the miracle of new life and new hope and new courage inspired by your love, your interest, your confidence in that life. There is no miracle greater than this.

I am quite concerned at times with the criticism levelled at missionaries' children, that they are irresponsible, helpless, wanting to be waited upon, unmannerly, rude and self-centred. Unfortunately you are placed in a position where you are often the target of the cynic or the discontented. I hope that you will meet this challenge in a way, and the only way, that such criticism will fall groundless upon deaf ears.

I hope that you will all be able to solve, or cut through, like the Gordian knot, those deep paradoxes of life. He who would seek happiness, he that would save his life, he who would be great among you, to find life, the abundant life, the greatest possible adventure imaginable.

I should so much like to know each of you, ten, fifteen or twenty years from now.

Lewis C. Walmsley.

1936年，黄思礼给CS孩子们的信（选自1936年《加拿大学校杂志》）。黄思礼以一个长者的胸怀，将自己对人生的理解、对孩子们的殷切希望表达在信中。这些发自肺腑的谆谆教导影响了孩子们一生。

亲爱的孩子们：

在此我想对你们表达我内心的一些想法和期望，因为在接下来的十年、十五年甚至二十年中我将伴随着你们。

你们将在这些年干些什么呢？十五年后的你们将是什么样子？你们将在哪里？你们将来会干些什么？那时我是应该喜悦地去认识你们，还是从我们的会面中失望地离开？

生活应该是不断成长的过程，不断增长经验，不断拓宽视野，以此来增强创造幸福的能力、扩大快乐和幸福感。我希望你们永远也不要愚弄自己，通过表现自己显得久经世故、十足优越，或十分冷漠无情，或沉沦，或愤世嫉俗，来试着让自己看起来"长大"和"成熟"了。

另一方面，我希望你们对生活始终保持信念，充满信心，当你们长大了才会做伟大的事情，你们也可以创造任何丰功伟绩，整个世界任你们徜徉！坚持这些梦想！（这是建议，而不是一种希望。）在这个世界上，没有人是没有梦想就能获得成功的。未来属于年轻的一代。这个世界从来也不需要成天幻想超越实践的人。

我希望你们永远不要对那些陪伴你们生命旅程并且十分善良的人们失去信心。我希望你们将永远不要对整个世界失去信心，相信这是对我们发展自己独特个性的必要条件。我希望你们能对那些激励自己展现最好一面的人们充满信心。我期待你们每一个人被自己对生活的热爱、兴趣和信心所激发，并亲身经历，去见证另一种新生活的奇迹，新希望的奇迹。这比任何其他奇迹都更伟大。

我有时十分担心针对传教士的孩子的一些批评：他们不负责任、无助、被动等待、粗鲁无礼、自以为是，等等。不幸的是，你们通常被置身于被愤世嫉俗者当成抨击目标的境地。我希望你们以一种方式正面迎接这种挑战，这唯一的方式就是让莫须有的批判流言不攻自破，让人们对流言充耳不闻。

我希望你们能够像解开戈尔迪之结（希腊神话中的一个难题）一样解决生活中那些纷繁复杂的矛盾。他寻求幸福，他拯救自己的生命，他就在你们中间，发现生活，丰富生活，经历可以想象的最伟大的冒险。

我多么想知道十年之后、十五年之后甚至二十年之后的你们是什么样。

黄思礼

黄思礼在他的办公室。（1935年）

黄思礼痴迷于中国文化，尤其钟情于唐代诗人王维。1958年，他与张英兰合作翻译出版了《王维诗集》，并创作、出版了《田园诗人——王维》一书。

黄思礼夫妇和他们在成都出生的4个孩子。

1935年,CS孩子为黄思礼画了一幅漫画,表达了对校长的热爱。

1957年夏天,黄思礼应邀访问中国,在中国游历近6000英里。在成都停留期间,他走遍了曾经工作、生活过的大学校园的各个角落,走访了已经变成四川医学院的原华西协合大学。在那里,他结交了许多新的中国朋友,观察到了大学里的各种变化。回到加拿大后,他撰写了《华西协合大学》一书。该书记述了华西协合大学征地、募捐、建校、招生、发展的过程,成为研究华西协合大学历史不可多得的珍贵史料。该书于1974年正式出版,1999年由西南民族大学教授何启浩、秦和平翻译成中文在中国出版。

黄思礼博学多才,兴趣广泛,擅长绘画。在加拿大和四川之间往返,黄思礼一次次途经长江三峡。三峡两岸奇峰陡立、峭壁对峙的景致常常让他产生强烈的创作冲动。闲暇时,他会背着画板,寄情于四川的山水之间。黄思礼一生创作了许多油画作品。在这些纷繁的画作之中,中国的山水田园尤其长江三峡是他绘画作品的主要内容。他将自己对中国的爱倾注在一幅幅画作之中。

黄思礼的油画作品

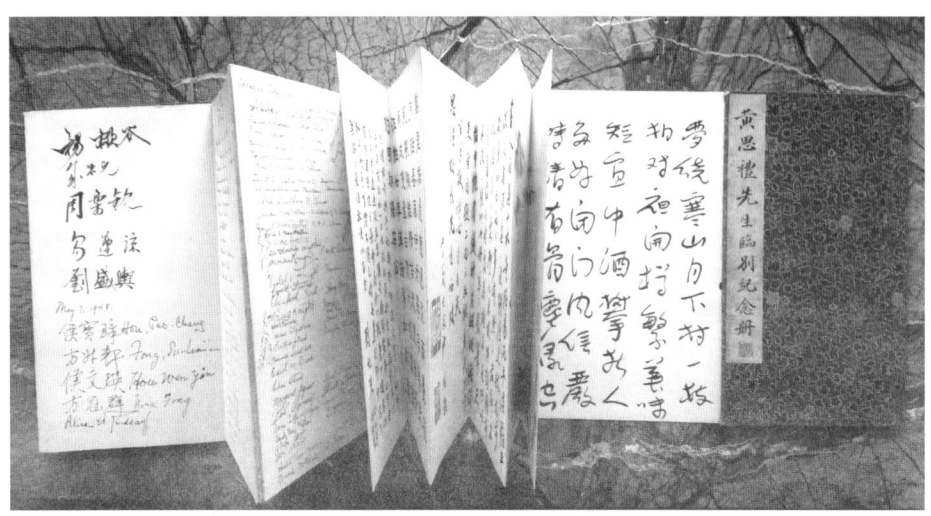
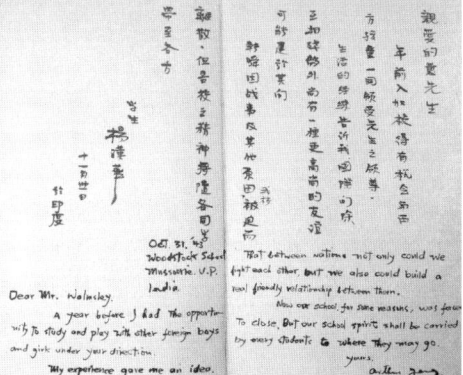
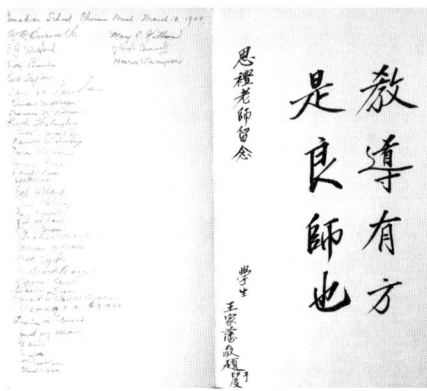

1943年黄思礼离开仁寿时的临别纪念册

受战争的影响,学校于1943年停课。1945年,黄思礼回到加拿大多伦多大学研读教育学,两年后获得教育学博士学位。他的毕业论文是《论中国的传统教育》。1947年,准备留校工作的他突然接到了教会的邀请信,希望他回到成都继续担任加拿大学校的校长。黄思礼毫不犹豫地接受了重返中国的邀请。

1947年,黄思礼带着妻子儿女再次回到了成都。同年9月,加拿大学校重新开学。

1948年底,黄思礼应邀回到加拿大多伦多大学东亚研究系担任教授,从事历史和中国文化的教学工作。他多次受邀担任加拿大皇家安大略博物馆的顾问,鉴定和整理了大量的中国藏品。

1923年至1948年,黄思礼将人生中最富活力的20多年奉献给了华西加拿大学校。这所学校人才济济、硕果累累,这是对他付出心血的最好回报。

1989年,黄思礼在加拿大多伦多去世,终年92岁。

黄思礼在加拿大皇家安大略博物馆给学生介绍中国文化。（1950年）

回到加拿大后的黄思礼夫妇和他们在成都出生的子女。在中国生活、工作和成长的经历，永远是他们一家共同的话题。（1950年）

1983年，已经86岁高龄的黄思礼带着家人重访成都。途经长江时，他仍然不忘将长江三峡收进他的镜头里。

黄思礼（中）和他在成都出生的2个儿子（分别为左2和右2）、2个女儿（左3、左5）在华西加拿大学校阶梯上合影。

多姿多彩的学校生活

华西加拿大学校是一所从幼儿园到高中的全日制学校,幼儿园是"洋娃娃"们进校的起点。从这一刻开始,他们就成了名副其实的"CS孩子",开启了他们独特而精彩的人生。

老师和孩子们(20世纪30年代)

1930年的幼儿园
前排坐者:(从左至右,下同)Joan Smalley, Margaret Simkin
中间一排:Frances Kilborn, Edith Walker, Bruce Dickinson,
Margaret Phelps, Margaret Smalley, Bobby Moncrieff
最后一排:Mary Kilborn, Dorothy Simkin, Bob Hibbard,
Ms. Plewman, Vivian Anderon, Bill Hibbard, Omar Walmsley

幼儿园生活（20世纪30年代）

1938年3月,华西协合大学校园内迎来了一位大自然的使者——活泼可爱、取名"潘多拉"的大熊猫。

这是华西协合大学应纽约动物协会的请求,从灌县的大山中带回的一只大熊猫幼仔。潘多拉的到来令孩子们兴奋不已,他们争先恐后地和潘多拉玩耍,成为最早的"大熊猫粉丝"。

潘多拉到华西坝后,曾住在化学系教授陈普仪(Roy Coniston Spooner)家的后院。这让陈普仪的儿子大卫(David Spooner)非常自豪。(1938年)

出生于华西坝的黄玛丽（左）与姐姐伊妮德和潘多拉在一起。（1938年）

大卫和潘多拉在一起。

学校历任校长和教师目光远大、富有爱心、知识渊博、寓教于乐，使孩子们的个性、兴趣爱好与才华得以充分发掘和展现。

华西加拿大学校将英国著名哲学家、社会学家、心理学家和教育理论家赫伯特·斯宾塞（Herbert Spencer）的"快乐"教育思想贯穿在学校教育中。学校的学制和课程安排，与加拿大本土的教学规划同步，但它更具多元文化特色。

学生们的家长都是接受过高等教育、具有杰出的专业素质和无私奉献精神、为了同一个目标来到这里的志愿者。作为人生的第一老师，孩子们从他们身上学会了怎样做人。

启真道夫妇、黄思礼夫妇、云从龙夫妇、埃德蒙兹夫妇和他们在四川出生的孩子在华西协合大学校园内。（20世纪30年代）

1938年，部分低年级学生合影。

云从龙（后右1）与孩子们在一起。

第二章：华西加拿大学校和CS的孩子们

云达乐（Donald Willmott）13岁生日时和小伙伴的留影。

对于华西加拿大学校的孩子而言，生日是非常重要的日子。他们会为"寿星"举办一场派对，并亲手制作生日卡片外加一份特别的礼物。他们会在派对上玩各种游戏，其中最棒的是"高抛撞地"游戏，过生日的人会被高高地抛向空中然后大家接住他又抛向空中，抛的次数跟他的年龄一样。这些充满童趣的游戏带给他们童年无尽的欢乐。

校园生活组照（20世纪30年代）

学生们生活在一个相对独立的环境中，他们的父母既是同事又是朋友。每天朝夕相处的孩子们感觉学校更像是一个温馨、和谐、充满亲情的大家庭。团结协作精神从小就潜移默化植根于他们的血液中。CS孩子们的生活包括三个重要因素：家庭、学校和社会。这三者在这里实现了完美的结合。

除必修课外，许多课程走出课堂，以各种丰富多彩的形式在教室外展开。戏剧排演、诗歌朗诵、绘画训练、快乐游戏、文学赏析、器乐训练、音乐鉴赏、口才锻炼、技巧运动、远足旅行等素质教育在一片欢笑声中展开。孩子们通过综合能力训练，在游戏和玩耍中增长知识与才干。

《加拿大学校杂志》（1939年）

1939年出版的《加拿大学校杂志》中有这样的记载："华西加拿大学校为创造性的生活而开展教育，各式各样的教学活动已经或正在带领我们朝着这个方向前进，如开设的音乐、乐器、演唱、美术、戏剧、体育、手工、中国历史、中国文化课；开展童子军活动，模拟校内商店、校内银行；游历中国庙宇、历史名胜；拥有3000册藏书的图书馆和持续了近15年的学生会等。"

"虽然岁月动荡，前途充满未知数，却不能因此浇灭我们对丰富的文化生活的向往与热情，我们的目标是：让每一天都活得充实而饱满，在生命的年华里坚定地成长。如此，我们才能建立起一所与众不同的学校，找到生活前进的道路。当我们毕业时就已准备就绪，将尽我们所能，用最真实和充满创造性的方式去促进所有国家和民族的和平。"

"华西加拿大学校应该为他们的成果感到骄傲。"

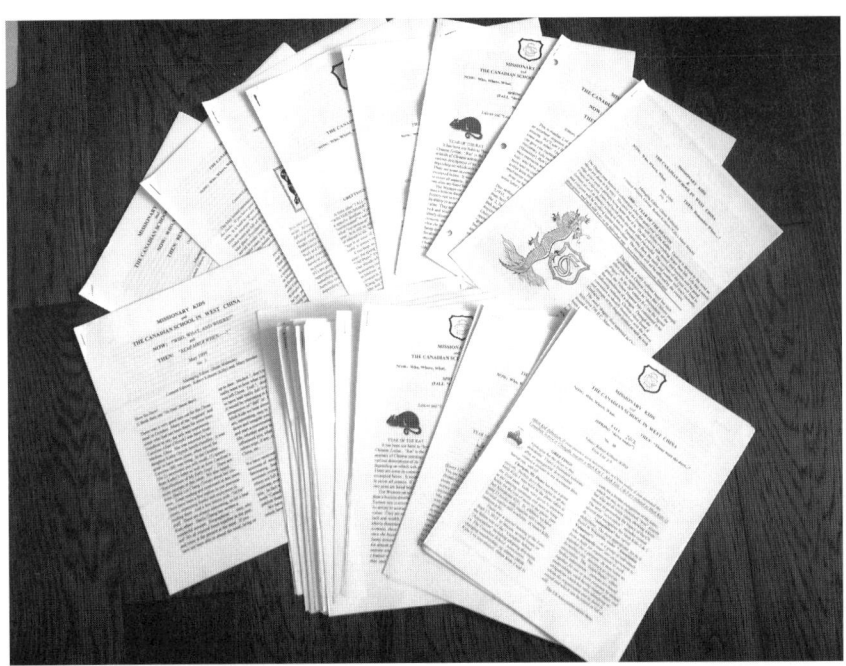

这些CS简报和杂志作为CS孩子们抒发人生感悟的载体,装满了他们童年的故事,成了他们的成长记录册。

黄素芳（Constance Walmsley）

启尔德的大女儿，1898年出生于成都，1919年获得多伦多大学维多利亚学院英语和历史荣誉学位。取得多伦多大学教育学院教师证书以后，她在阿尔玛学院教了一年书。1921年，与同班同学黄思礼结婚后回到成都，在CS教授西方文学、历史、语言和戏剧，指导学生编排舞台剧，并亲自设计服装、组织演出团队、筹划"表演之夜"社区活动等。她排演的音乐剧《吉卜赛女郎》给学生们留下了极其深刻的印象。学生们对黄素芳的热爱一直延续至今。

　　戏剧表演是文学课程的一部分，让西方文学走出教室，通过扮演剧中角色，更有助于学生们深刻理解作品、作者及剧中人物，进而了解历史。这是华西加拿大学校教育的一大特色，也是学生们热衷参与的艺术活动之一。《麦克白》《哈姆雷特》《威尼斯商人》《尤里乌斯凯撒》《罗宾汉》《迈尔斯·斯坦迪斯的求婚》《格兰姆斯的报童》……这些经典的莎士比亚戏剧以及欧美早期的文学戏剧作品激发了孩子们的想象力和创造力，成为他们终生难忘的记忆。黄思礼的妻子黄素芳则是推行这一教育方式的主要人物，也是所有戏剧表演的总导演。

　　即使在仁寿那艰苦的岁月里，学校也尽量创造条件开设各科课程。戏剧表演则始终是学生们最喜爱的课程之一。

1932年演出英国作家路易斯·卡罗尔（Lewis Carroll）的《爱丽丝梦游仙境》。

1936年圣诞节话剧演出后的演员合影。
从左到右依次为：Gladys Plewman, Florence Allan, Beryl Crawford, Doris Hibbard, Janet Joy Allan

1938年学校高中部低年级学生演出莎士比亚的《第十二夜》。
从左到右依次为：Bill Phelps, Doris Hibbard, Stephen Hones, Louis Jensen, Bob Kilborn, Joy Willmott, Glenn Walmsley

演出剧照（20世纪30年代）

"吉卜赛流浪者"演出后合影(20世纪30年代)

演出剧照（20世纪30年代）

音乐课也是华西加拿大学校的重要课程之一。威尔福德夫人（Ms. Wilford）教授钢琴、斯特克威尔夫人（Ms. Stockwell）教授声乐、菲尔普斯夫人（Ms. Phelps）教授音乐欣赏。所有学生被要求至少学会一首钢琴曲。

学校还定期举办音乐会，学生们轮流表演钢琴独奏、二重奏和三重奏，还组建了管弦乐队。学校的音乐室摆放着钢琴、手摇留声机和一些古典音乐唱片，每个住处几乎都有一架钢琴供大家练习，即使在仁寿的艰苦的办学时期也不例外。学生们由此得到了古典音乐的熏陶，开启了音乐人生之门。

这是一个很棒的乐队。（20世纪40年代）

1940年云达乐在给他的祖父母的信中写道："现在，我们有四位前排小提琴手，两位后排小提琴手，一位大提琴手、一位吹竖笛演奏者，三位小号手。不久，我们也将有萨克斯演奏者。当然之后我们还有钢琴演奏者和指挥。我们非常开心地在一起排练。现在我们已经开始演奏约翰·施特劳斯的《蓝色多瑙河》了，当然我们仍然是业余选手。"

这幅由云达乐画的充满童趣的钢琴独奏会海报,使人真切地感受到华西加拿大学校孩子的音乐素养和丰富的想象及思维能力。(1940年)

华西加拿大学校孩子们运动时的场景（20世纪30年代）

华西加拿大学校的体育活动项目有：篮球、排球、网球、足球、田径、游泳等。这些是学校体育课的重要内容，许多家长也会加入其中。

华西加拿大学校运动员（20世纪30年代）

华西加拿大学校女子篮球队(20世纪30年代)

华西加拿大学校运动员在叠罗汉。(20世纪30年代)

手工课也是学校教育的一部分。这一课程要求学生亲手制作与生活相关的各种物品,从而激发和培养学生仔细观察生活、热爱生活、创造生活的激情和能力。

云达乐、奥马尔(Omar Walmsely)和 比尔(Bill Phelps)正在制作模型飞机。(20世纪30年代)

云达乐与他做的帆船模型(20世纪30年代)

奥马尔满怀喜悦地欣赏3个男孩的作品——模型飞机。(20世纪30年代)

华西加拿大学校女生制作的衣物。女孩们用灵巧的双手将她们对生活的热爱和憧憬编织和缝制进了这些漂亮、充满童趣的衣物中。（20世纪30年代）

童子军是当时一个世界性的青少年组织，由罗伯特·贝登堡（Robert Baden-Powell）在1907年创建于英国，其宗旨是为成长过程中的青少年提供生理、心理和精神上的准备，使之成为适应未来发展的合格公民。学校聘请了童子军专业训练人士约翰·威尔福德（John Wilford）训练孩子们，以培养其独立自主、勇于担当、坚强自信的优秀品格。训练内容包括：野外生存训练、绘制丛林图案、学习旗语、信号使用，丛林沙坑、帐篷露营等。那时，华西校园里常常可以看到身穿蓝色童子军制服的CS孩子在认真地用脚步丈量地面距离、用手臂测量学校建筑物高度。那段日子，童子军编队还为华西加拿大学校做了许多好事，成为校园佳话。

1935年的男童子军

童子军训练(20世纪30年代)

童子军在野外进行生存训练。(20世纪30年代)

第二章：华西加拿大学校和CS的孩子们 | 89

男童子军（20世纪30年代）

1935年低年级女童子军

1935年高年级女童子军

中国文化的影响

中国文化课是学校教育的一个重要内容。第二任校长黄思礼认为,生活在中国土地上的华西加拿大学校的孩子应该学习和了解中国文化,汲取中国传统文化的养分。在课堂上,黄思礼为学生讲解中国艺术品、字画和书法艺术,讲解中国历史、诗词歌赋、自然地理、珠算口诀;在课外,他组织学生深入民间收集儿歌、诗词、楹联等。他还经常邀请有艺术、体育特长的中国朋友,如音乐家、画家、工艺美术家来为孩子们上课。此外,城市乡间、庙宇殿堂、名胜古迹亦是学生们走出校园体验中国文化的第二课堂。

古老的中华文明和传统礼仪伴随着孩子们成长。

城市乡间、庙宇殿堂、名胜古迹亦是学生们走出校园体验中国文化的第二课堂。（20世纪30年代）

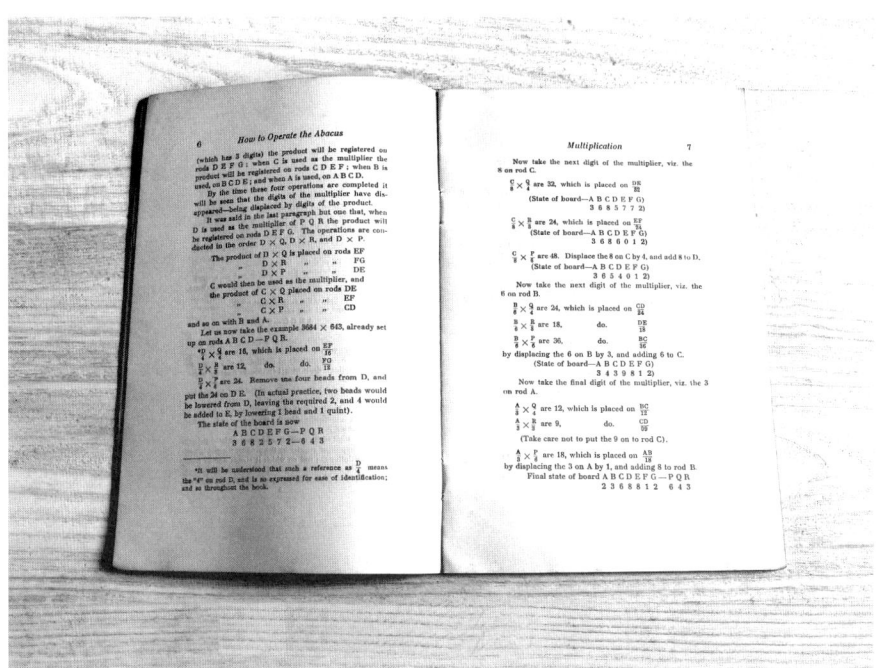

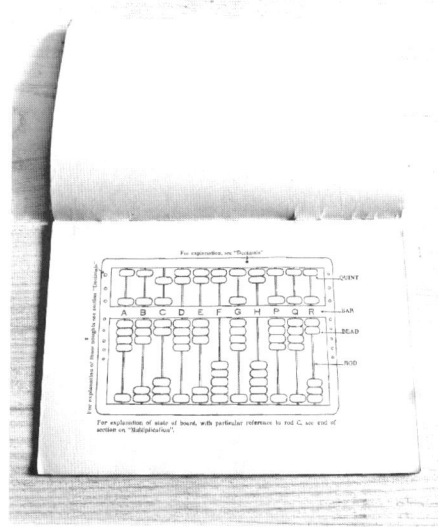
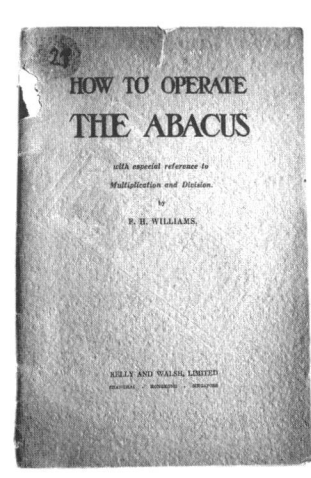

珠算课也是孩子们的课程之一。珠算是汉族人民发明的、以算盘为工具进行数字计算的一种方法。今天珠算已经正式成为人类非物质文化遗产。图为当年的英文版珠算课教材。（20世纪30年代）

CS孩子是这样赞美竹子的:"四川的竹子有无穷无尽的用途。老妇用竹子的干笋壳做成鞋底,美食家用鲜竹笋烹制美味,盐业以它用作盐水管道,家具制造商则广泛用竹子制成各种实用家具,春季博览会有上百种用竹子做成的小器具,非常漂亮。竹子优雅而美丽,无论是倒映在稻田里还是在月光映照下的竹影,都令人难以忘怀。竹林总是围绕着农舍,美丽和实用结合,是那个时代中国的特征。"

风筝是中国儿童喜爱的玩具之一。风筝所蕴含的文化性和娱乐性也深深吸引了CS孩子们。(20世纪30年代)

20世纪30年代的都江堰水利工程灌溉图

坐落于灌县的都江堰水利工程是世界水利史上一颗璀璨的明珠,它使川西平原成为"水旱从人"的天府之国。CS孩子们常常跟随大人去灌县远足,并为古代中国人的智慧所深深折服。

布鲁克曼·布雷斯(Brockman Brace)画笔下的灌县街道

都江堰放水节（20世纪30年代）

都江堰鱼嘴工程（20世纪30年代）

出生在灌县的CS孩子布鲁克曼·布雷斯是这样描述的："灌县类似一个水城，在成都西北约34英里处。灌县闻名在于它是成都平原数千里灌溉工程的源头，由李冰父子率民众于公元前256年设计建造。灌县有一个非常热闹的仪式叫作'放水'。在地方官员的监督下，水可以流进不同的河道去灌溉平原大坝。农民可以一年种植四次庄稼。这里确实是一片很神奇的土地！"

孩子们收藏的"龙"的图案。（20世纪30年代）

　　CS孩子们对中国文化的了解是全方位的。"龙"在中国文化中有着举足轻重的地位，因此，龙文化对CS孩子的影响也很深。牛顿·海耶斯（L. Newton Hayes）在他的《中国龙》一文中这样描述道："龙在中国是友善的动物，受到所有人的崇拜。几乎中国人的每个生活阶段都会有受这一动物王国中独特成员影响的痕迹，尤其是在艺术、文学、民俗、动物学、历史、宗教等领域。

　　"在中国到处可以看见线条优美、体态匀称的龙。它被画在丝绸和瓷器上，被编织进锦缎里，被雕刻在木头上，被绣在绸缎上，被铸造在青铜器中，被凿刻在大理石上。中国民俗中充满了数不清的龙的神奇传说。皇上的王座叫'龙椅'，皇上用的毛笔叫'龙笔'，皇上穿的礼服叫'龙袍'。许多中国古代杰出人物的传说与龙的出现有关。也许最值得一提的是，传说在孔子出生那天，他的家中请来了两条龙仪仗队为之祝贺。中国的宗教在历法中将具有神性的龙称为雨神和掌管江河湖海的神灵。在中国几乎没有几个无龙王庙的城市。"

CS孩子笔下栩栩如生的中国人物素描。（20世纪30年代）

每年两期的学校杂志为孩子们提供了抒发情感的平台,他们将自己对生活和事物的感悟与理解,用充满童趣和想象的文字登载于此。CS孩子Betty Bridgman参观了武侯祠后,在《武侯祠之旅——成都南门外的一间寺庙》一文中写道:"有一句中国谚语与我们的英文谚语意思非常相近。英文谚语说'谈到天使,你就会听到天使翅膀扇动的声音',而中文则说,'说曹操曹操到'。"

华西加拿大学校每周安排有两次中餐,即每周星期三的午餐和星期六的晚餐,这也是CS孩子们一周里最期待的两顿大餐。只要是吃中餐的日子,孩子们都会早早来到食堂。麻婆豆腐、回锅肉、锅巴肉片……这些地道的川菜让孩子们大快朵颐。几十年过去了,川菜仍然是他们钟爱的菜品之一。

每年六七月的暑假期间，孩子们会和家长一起前往峨眉山、白鹿镇等地避暑，享受一年中难得的假期，在天府之国的山水滋养下快乐地成长。

　　CS孩子虽然金发碧眼，但他们置身的这片土地已经在他们身上打下了深深的烙印。这里的一山一水、一草一木已经与他们息息相关、难以割舍。在他们的心目中，自己已经是地地道道的四川人。

孩子们在峨眉山。（1930年）

在峨眉山金顶的佛光里看见自己的身影,这一神奇的景象让孩子们终生难忘。

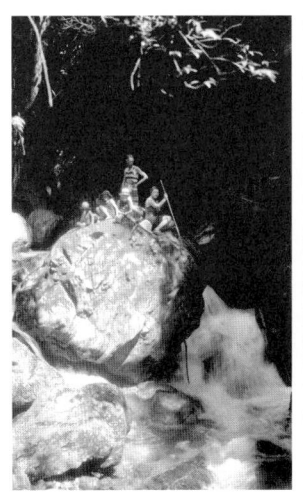

孩子们在乐山大佛。(20世纪30年代)

罗伯特·科尔伯恩（Robert Kilborn）回忆道："我于1923年出生在峨眉山新开寺的小屋里，从那里能看到峨眉山的峭壁。我在成都生活了近18年，记得那是一座繁忙的城市。

"我是在煤油灯的陪伴下长大的；我们喜欢在乡间沿着一条条小溪散步；我们喜欢看农夫用水牛犁田、插秧和收割水稻；我们还喜欢赶场天和茶馆。一般来往成都都是坐船。在途中，我们很有兴趣地看着船长如何一边掌舵，一边向拉船的纤夫发号施令。和他们聊天、与他们交朋友也是很愉快的事情，他们非常友好和风趣。夏天，我们就去比较凉快的山区避暑。由于父母工作非常忙，家里雇了人帮助打理家务。我和他们都很熟，喜欢同他们说话。他们还教我们学习中文。我们非常喜欢中国的假日，特别是春节，能放很多鞭炮。我们放过许多奇特的风筝，放龙形风筝特别具有挑战性。还有很多很多的事情，我们的生活因我们成长的环境改变了很多。"

年复一年,秋去冬来,CS孩子们在煤油灯下长大。他们喜欢在乡间沿着小溪散步,也喜欢看农夫插秧、收割和用水牛犁田。春种秋收的轮回,使他们深知底层生活的艰辛,更深刻地理解了"谁知盘中餐,粒粒皆辛苦"的含义。

第二章：华西加拿大学校和CS的孩子们 | 103

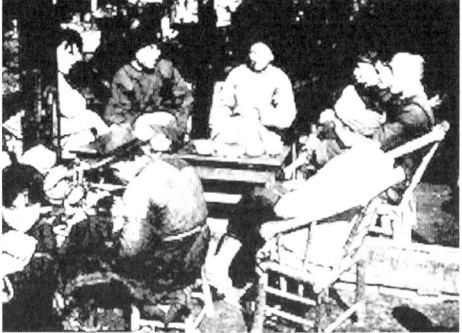

生长于此的CS孩子非常熟悉照片中的这些景致。他们常常溜出校园，赶场、逛茶馆、爬城墙、走街串巷，甚至到市民家中做客，完全融入市井文化之中。

成都街头

第二章：华西加拿大大学校和CS的孩子们 | 105

成都街头

与中国人民一起经历战争

1938年11月8日这一天，CS孩子与成都百姓经受了日军对成都的第一次大轰炸。这是他们自出生以来首次亲身感受到战争的残酷。每次警报响起，CS孩子们就聚集在前阳台长长的走廊上，藏在新砍下的柳条做成的掩体后面，躲避流弹和弹片。看到燃烧中的成都，孩子们流下了伤心的泪水。

大轰炸后的成都（1938年）

大轰炸后的成都（1938年）

1939年6月11日傍晚，27架日本飞机对成都进行空袭，其袭击的目标包括华西协合大学。图为被轰炸后的大学建筑。

云达乐的回忆:"那天我吃完早饭之后,正在洗澡。10点钟的时候空袭警报响起了。我们打开了所有的窗户以防它们被震碎。中国的飞机开始轰鸣,一群美国制造的小型军用飞机慢慢在空中盘旋,然后紧急信号灯亮起。不一会儿,我看见了日本的飞机。我想大概有27架战斗机,它们排成整齐的队伍,互相飞得很近。我听说有炸弹,但是没有听见爆炸声。银色闪光出现在它们周围,我听见了机枪的声音。那天,中国的战斗机击落了三四架日本飞机,包括消灭了一个领导和指挥空袭成都与重庆的很重要的日本官员。"

贝丝(Beth Leach)的回忆:"当时我们就在校园里,我清晰地记得第一声爆炸声。我记得那时我大概是六岁,站在母亲的旁边看着整个成都一直在火里燃烧。"

戴维(David Spooner)的回忆:"我们跑出门去看飞机,有两架中国的战斗机飞上天空对抗日本的战斗机。但是当时能用的最好的战斗机是'一战'留下来的,当然根本就不是日本战机的对手,只是些双翼飞机而已,完全无法和日本战机对抗。那两位飞行员尝试保护成都,但是都被打下来了。我还记得飞机掉落下来,身后是一长串烟雾,那两位飞行员可能当时就已经牺牲了,很勇敢的人。"

一次次的防空警报在摧残着黄思礼和孩子们紧绷的神经。1939年春天,学校决定去峨眉山度假区上一段时间课再回成都。1939年6月11日傍晚,27架日本飞机对成都进行空袭,其袭击的目标也包括华西协合大学。一颗炸弹落在离学校很近的地方,爆炸的冲击波甚至炸碎了学校的窗户。虽然并没有人员伤亡,但给孩子们找个更为安全的地方上课已迫在眉睫。

1939年,被日机轰炸的华西协合大学。

在仁寿的日子里

为了躲避日军的轰炸,从1939年秋天至1943年底,华西加拿大学校搬迁至仁寿。

这期间,除加拿大的孩子外,学校还接纳了来自日占区的美国人和英国人的孩子以及少量中国孩子。

1939年,华西加拿大学校的孩子迁往仁寿途中。

1939年，在黄思礼的主持下，学校所有教职员工赶在秋季开学前组织孩子们开始了紧张的搬迁。

华西加拿大学校搬迁途中（1939年）

仁寿的加拿大学校（1939年）

　　仁寿县空置的教会医院和学校正好适合改作华西加拿大学校，但要把一座空荡荡的医院和一座座空房子改造成一所可以容纳75名师生的寄宿学校是一项十分艰巨的任务。由于长期闲置，院子里杂草丛生，蛛网密布，俨然一座老鼠的乐园。75个人的生活、教学、物资供应等，耗尽了黄思礼和教职员工们的精力。学校请来当地木匠、铁匠、泥瓦匠等手艺人，建设新学校、创造新生活的工作在仁寿校园里热烈地展开。校长黄思礼亲自动手做家具、缝制衣服、设计煤油灯具；教职员工们频繁往来县城和附近小镇，就地取材、讨价还价购买食物和燃料；学校聘来华西协合大学的教授走到田间地头指导科学种植蔬菜，购买奶牛指导农户科学喂养，亲自检测奶品质量；他们还搬来成都学校图书馆的大部分书籍、物品和多架钢琴。师生们同甘共苦，共渡难关。没有床，CS孩子们就睡在地板或草地上；没有被盖，就裹在厚毯子里；没有桌椅，就站着吃饭，坐在地上上课学习。在师生们的共同努力下，奇迹般地迎来了一个自给自足、充满生机的全新的"仁寿加拿大学校"。

19世纪末20世纪初仁寿的风景

仁寿县坐落在四川盆地南部，距离成都80公里。19世纪末西方传教士曾来到这里建医院和学校。这里丘陵环绕，山清水秀，相对炮火肆虐的成都，无疑是理想中的"世外桃源"，更是CS孩子读书学习的绝佳地方。

云达乐于1942年画的漫画《加拿大学校的阁楼》。

在仁寿的生活是艰苦的,所有的人都必须全力以赴战胜困难。当房子改造完毕,生活基本走上正轨时,学校开始上课。除正常的课程外,黄思礼校长还亲自教授科学和艺术课,洛克伍德夫人(Ms. Lockwood)和维尔斯夫人(Ms. Veals)教授艺术鉴赏,吉恩·米勒医生(Dr. Jean Millar)教授卫生课。

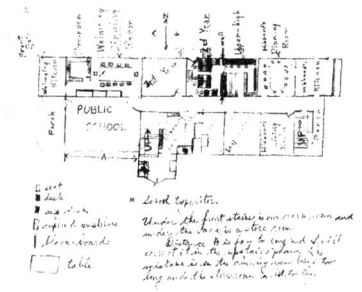

仁寿加拿大学校位于一个山坡上,共有6栋楼房,分别用作教室和宿舍。每栋楼都有一个名称。其中瓦尔登(Walden)楼是学校的教学楼,黄思礼校长一家、海巴德夫人和二、三年级的学生住在这里。图为瓦尔登楼一楼的布局。

没有煤油和电力,黄思礼模仿希腊灯的样式,设计了一盏具有美感的桐油灯。他在仁寿街上找到一位锡匠,亲自指导他制作了100多盏这样的灯,学校里每人拥有一盏。灯座大概1英尺高,有3根灯芯伸入油碗中。这盏灯伴随CS孩子们度过了4年的学习时光。

桐油灯的联想。CS孩子云达乐发挥其丰富的想象力画的漫画。

按12人或15人一组,孩子们分散组合在各个楼房里,由学校舍监与教师共同管理,师生同吃同住。学生与管教、教师组成了一个成员众多的温暖的大家庭,而拥有这段特殊经历的CS孩子们则成为亲密的"兄弟姐妹"。他们愉快地享受着用自己的双手创造的新生活。(1939年)

仁寿加拿大学校部分师生(1940年)

虽然条件艰苦，但体育活动依然丰富多彩。学生们常常被分成不同的小组进行篮球比赛，在围墙外的一片宽阔的空地上玩棒球，在斜坡上玩弹珠，在人行道上跳房、跳绳、打排球、打羽毛球，还有跳高、跳远、扔铅球、赛跑，等等。当地老百姓常常看见黄思礼带领一群孩子在田间小路上来回狂奔，大汗淋漓，在草坪上拍打网球，跳来跳去。他们很是纳闷和不理解这位外国校长的奇怪行为，认为这是让小孩受罪。

仁寿加拿大学校和网球场（20世纪30年代）

篮球比赛

夏天结伴溜到河里游泳是孩子们感觉非常惬意的事情。（1940年）

爬到农民的守瓜棚里也很开心。（1940年左右）

学校同时引导学生们发掘自己的智慧,激发学生的创造力和想象力,培养学生的各种兴趣爱好。成都加拿大学校图书馆里的书和钢琴也搬到了仁寿,每个宿舍都有一架钢琴供大家练习,学生们还常常举办钢琴独奏会。他们自己编排篮球、足球等体育赛程表,表演各种滑稽短剧和喜剧,还自己喂鸡、喂猪。

这是半枚银圆的正反两面。在仁寿艰苦的生活环境中,尼尔(Neil Bell)和格伦(Glenn Walmsley)喂养的猪长大后卖了一块银圆,他们将这枚银圆一分为二,一人半枚。

93岁的尼尔将这半枚银圆珍藏至今。2016年当再次回到成都时,他特地带来了这伴随他一生的劳动所得。

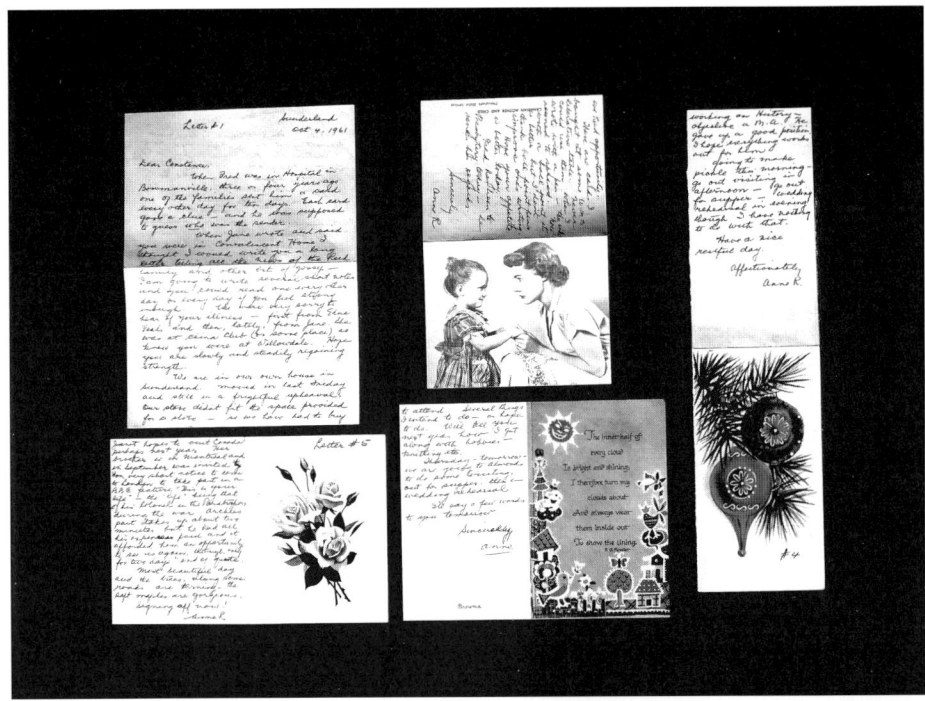

在成都的父母们希望孩子每周给他们写一封信，因此，学校将这一要求作为学业的一部分布置给孩子们，并要求周日的晚餐必须凭信进餐。这一封封信成为CS孩子们与远在成都的父母进行心灵交流的载体，真实记录了CS学校在仁寿期间的点点滴滴，也为研究这段特殊时期的历史提供了最宝贵的素材。

在仁寿，过节是CS孩子们最快乐的时光：万圣节、感恩节、情人节、愚人节、五溯节以及中国的春节……总会让孩子们欢欣鼓舞。

5月1日是英国的传统节日——五溯节。这一天，人们会在乡村草地的中央用树叶装饰一根高柱，作为万物生长的象征，俗称"五月柱"。柱顶系有许多彩带，参加庆祝活动的人们每人手握一根与柱顶相连的彩带，围绕五月柱载歌载舞，祈求风调雨顺，五谷丰登。这是一个非常古老的节日，大约在公元前1世纪传入英国。图为CS孩子们在仁寿庆祝五溯节。（1940年）

1940年的冬天,仁寿下了一场罕见的大雪。美丽的雪景让孩子们欣喜若狂。黄思礼校长宣布放一天假。孩子们每个人提个小桶,从竹叶上、树叶上、田坎边、庄稼地里收集积雪,然后把雪放进一个冷冻器里加上奶和糖搅拌,做成"冰激凌"。那是他们自出生以来第一次吃到"冰激凌"。

仁寿的冬天(1940年)

由于交通不便，一些高年级学生选择骑自行车往返成都和仁寿。当时的道路基本是泥土路，在这种路上长时间骑自行车无疑是对意志的考验，也是近距离观察、接触中国社会最底层生活状况的机会。在抗战的艰苦岁月里，能与中国人民同甘共苦，是他们一生难忘的经历。

在仁寿的乡间土路上，云达乐愉快地跨上自行车，回成都的心情总是很好的。

脚穿草鞋的孩子们相伴骑自行车回成都。在乡间泥路上，罗伯特（Robert Kilborn）的自行车爆胎了，大家躺或坐在路边，一筹莫展。

云达乐在给他父母的信中描述了他骑自行车回成都的一次经历：

"当我和比尔·菲尔普斯与其余那些乘坐轿子的伙伴分别时，天仍下着小雨，我们走出小镇，向着泥泞的公路前进。我们很冷，但是我们沿着泥泞的公路前行一会儿后，很快就暖和了。雨一直下，当我们走了8英里的泥泞公路后，到了一片小山丘处。我们身上沾满了泥土。我们推着自行车走了长长3英里才到达山丘顶端。走到一半时，泥土越来越厚，糊满了自行车的轮子，我根本不能移动我的自行车。我们用冻成冰棍的手指把厚泥土清理掉。我穿着中国的草鞋，很快草鞋沾着泥土变得又重又滑，我不得不把它们脱掉。"

他将这次经历画了一组漫画：《从仁寿骑自行车回成都》。

1.出发之前的幻想：我们凯旋时，一定会受到英雄般的欢迎。

2.上路之后的感觉:"你不觉得我们最好还是步行吗?"

3.跌倒后的狼狈。

4.在夜路上的对话:
A:"我以为我们现在已经在成都了。"
B:"我感觉路滑,但也不确定,因为我的草鞋上面有很多泥。"
C:"我觉得我看见了一点光亮。"

5."等一等，Joe的草鞋掉了。"

6.到了JAI DIAN POO，浑身湿透了，每个人都需要干衣服。
A："我咋没在包包里头多带点衣服呢？？？"
B："你可不可以借给我一双袜子？"
C："我需要一条裤子。"
D："你有没有一件多余的毛衣？"

7.在疲惫不堪的路上：
A："我听见汽车来了。"
B："不，不是，是杰克的牙齿在打战。"
C："我认为这条路比那边那条路滑。"
D："我的鼻涕早就流到成都了。"

云达乐与他珍藏至今的草鞋。

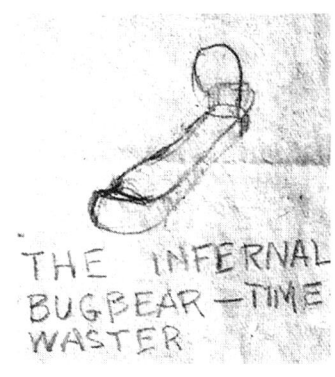

云达乐画的草鞋漫画。

战争带来的通货膨胀,严重影响了中国社会,也严重影响了这些加拿大人的生活。他们的工资支付了孩子的生活费和学费以后,所剩无几。每年从4月至11月,男孩们几乎都穿草鞋。

在仁寿的4年,是学校历史上最美好、最具创造力的时期,也是CS孩子们生命中最重要、最难忘的时期。

1943年,由于持续上升的生活费用以及失控的通货膨胀,加拿大学校已无力在中国继续运行。多数学生去往印度继续学业,一些学生则回到他们自己的国家。在学校的最后一天,学生们举行了一个庄严而悲壮的仪式,埋葬了课程表,生了一堆巨大的篝火,烧掉了伴随他们几年、带给他们知识和力量的书本。CS孩子们流下了难过和不舍的眼泪,告别了由他们共同创造的、带给他们欢乐和智慧的仁寿加拿大学校,告别了淳朴善良的仁寿乡亲……

这年的年底,一个寒冷的黄昏,在仁寿加拿大学校的门口,黄思礼送走了最后一名学生。带着悲伤之情,黄思礼锁上了学校大门,回到了成都。

在此后的时间里,黄思礼一直待在成都的华西协合大学内潜心研究中国的文化、艺术、宗教和文学。1945年,他回到加拿大多伦多大学攻读教育学博士学位。他的毕业论文是《论中国的传统教育》。

最后的岁月

1946年至1947年期间,一些孩子跟随着他们的父母重新回到成都。但是,因为加拿大学校早已关闭,这些孩子面临着无处学习的窘境。

1947年秋天,已经拿到了多伦多大学教育学博士学位、准备留校的黄思礼接到了教会的邀请信,邀请他返回成都继续担任加拿大学校的校长。因为学生数量很少,黄思礼只有把几个年级的学生安排在一起集中授课。1948年,黄思礼接受多伦多大学的邀请回到了加拿大。

1948年秋天,纽康比接任校长。

CS学生与新校长纽康比（最后排右一）合影。（1948年秋）

1949年秋天，学校学生的数量已减至10人，学生们搬到了新腾出来的、位于大学校园里的斯廷森的家里上课。

1950年7月，华西加拿大学校永远地关上了大门。

第三章

CS孩子们精彩纷呈的人生

CS孩子们植根于东西方文化交融的沃土，成长在战火纷飞的年代，他们个性鲜明、快乐、勤奋、敢担当、坚强，充满激情和创造力。他们的传奇经历谱写出一个又一个精彩纷呈的人生故事。外交家、中加友谊使者、医学家、物理学家、人类学家、社会活动家、实业家、艺术家、戏剧作家、编辑、诗人……一大批CS孩子活跃在多学科、多领域的世界舞台。

著名的教育家、医学家启真道（Leslie Kilborn）

启真道1895年出生于四川乐山，是中国西部第一所西医医院的创建者之一启尔德的长子。启真道童年时，成都还没有CS学校，因此在1905年10岁时就读于重庆的CS学校。1913年，启真道进入加拿大多伦多大学维多利亚学院学习，主攻生理、生物化学。1917年以优异成绩毕业并获得维多利亚理科银质奖。之后他又继续攻读生理学研究生课程并于1918年获得加拿大多伦多大学生理学硕士和文学学士学位，接着又继续攻读医学和哲学博士。1921年与同学Janet McClure（中文名启静卿、医学博士）结婚，为继承父业重返成都，在华西协合大学任教，教授生理学、药理学、生物化学和医学英语。1927—1928年启真道利用回加拿大休假的机会，继续完成他的博士研究生学业，获多伦多大学生理学博士学位。1928年春天，全家返回成都。此后，启真道先后担任华西协合大学教授、医学院院长、医牙学院总院长直到1950年。

1952年3月，启真道夫妇离开了成都。受香港大学邀请，启真道担任了该校生理学教研室主任和医学院主任，1960年从香港大学退休时，他所负责的生理学教研室已发展成为生理、生化、药理三个教研室。

启真道到香港后，对新成立的崇基学院表示出兴趣，这是一所提供文理科预科教育的教会学院。不久以后，启真道被任命为学院董事会成员，很快再晋升为董事会主席。1960年，从香港大学退休后，他受聘为崇基学院副院长并主持制定了三个独立学院（新亚书院、联合书院和崇基学院）的学术标准。这三个学院于1963年合并成为香港中文大学。

1967年6月，启真道在多伦多逝世，享年72岁。

启真道（右二）在华西协合大学生理实验室指导学生上解剖课。（约1928年）

为中国的护理教育事业做出贡献的启智明（Cora Alfretta Kilborn）

启智明，启尔德的次女、启真道的妹妹。1899年，启智明在父母从中国回加拿大休假期间出生，后随父母来到成都并在成都长大，就读于华西加拿大学校。1920年，启智明于多伦多大学维多利亚学院毕业，获现代语言荣誉学士学位，紧接着又完成了教学和管理学课程。毕业后又在多伦多大学进一步深造公共卫生护理学，同时在多伦多医院护理学院接受培训。1926年，她随加拿大联合教会的女子志愿队来到华西，在她母亲启希贤建立的成都妇女儿童医院（仁济女医院）与母亲一起负责医学和护理学的教学工作。1933年母亲退休回到加拿大后，启智明继续留在成都工作和教学。后因母亲病重她回到加拿大。1942年母亲病逝后，启智明又回到成都继续她的护理教学工作。此时，妇女儿童医院已被战火摧毁，但华西新的发展正在悄然进行中，并在战后达到高潮。华西协合大学把所有的教学医院进行统一管理，并开设了护理课程专业。启智明被任命为学校新护理系的主任。这个系位于大学校园里新建的医院大楼里。1950年，已经51岁、将自己生命的大部分时光都奉献给了中国护理教育事业的启智明回到加拿大。

1985年，启智明病逝于多伦多，享年86岁。

启尔德家族第三代医疗志愿者玛丽·埃莉诺（Mary Eleanor Kilborn）

玛丽·埃莉诺，启尔德的长孙女、启真道的长女，1924年出生于成都。她的小学和大部分中学学业都是在成都和仁寿的CS学校完成的。由于战争，1943年底，她随家人回到加拿大，在多伦多完成中学教育后考入汉密尔顿麦克马斯特大学。后来，她转入多伦多女子大学医学院学习护理专业，毕业后又在蒙特利尔完成了护理专业研究生课程，成为一名注册护士。1949年10月，玛丽随父亲和继母吉恩博士回到成都，成为启尔德家族在中国的第三代医疗志愿者。因为从小生活在中文环境中，玛丽能讲一口流利的中国话，一到成都，她就投入到华西协合大学医院护理部的工作中。1951年，玛丽回到加拿大。

加拿大皇家医学院院士罗伯特·科尔伯恩（Robert Kilborn）

罗伯特·科尔伯恩，启尔德的孙子、启真道的长子，1923年出生在四川省峨眉山新开寺，1941年回到加拿大学习医学，并获得医学博士学位，成为加拿大皇家医学院院士。1990年，罗伯特重返成都访问当时的华西医科大学（现四川大学华西医学中心）时，萌生了再为华西医学事业做贡献的决心，回国后即发起创办启尔德纪念基金会(The Kilborn Memorial Fund)。1998年加拿大皇家内外科医生协会（RCPSC）、启尔德纪念访问教授捐助基金会（Kilborn Memorial Visiting Professorship Endowment Fund）正式成立。该项目旨在派遣医学专家到华西医学中心讲学、指导医学中心下属医学院教师们的医学专业或公共卫生专业方面的研究。1999年，该基金资助了第一名加拿大访问教授来到华西医院讲学。2013年，启尔德纪念基金会转由加拿大韦仕敦大学代管，并改名为启尔德家族访问学者基金会（Kilborn Family Visiting Scholar Fund）。迄今为止，该基金会通过上述两个渠道已全额资助了十多名加拿大医学科学家或临床专家到华西医院讲学或临床交流。

2018年2月，罗伯特·科尔伯恩病逝于多伦多，享年95岁。

为中国的英语教育奉献终身的伊莎白（Isabel Brown Crook）

伊莎白，1915年12月15日出生在四川成都，曾就读于华西加拿大学校。1938年，伊莎白在加拿大多伦多大学毕业并获得儿童心理学硕士学位后回到成都。在此期间伊莎白邂逅了英国共产党党员戴维·柯鲁克（David Crook），后结为夫妻。受其影响，伊莎白于1943年加入英国共产党。1945年，进入伦敦经济学院攻读人类学博士。

伊莎白在晋冀鲁豫边区调研。（1948年）

1948年，伊莎白夫妇来到晋冀鲁豫边区人民政府所在地武安（当时是河北涉县）西部山区的十里店村开展社会调查，完成了极具社会价值，讲述中国解放区土改运动的著作——《十里店——中国一个村庄的革命》与《十里店——中国一个村庄的群众运动》。这两部不可多得的历史文献，使西方了解了真实的中国解放区的土改运动，并被西方许多社会学教师指定为学生必读书。

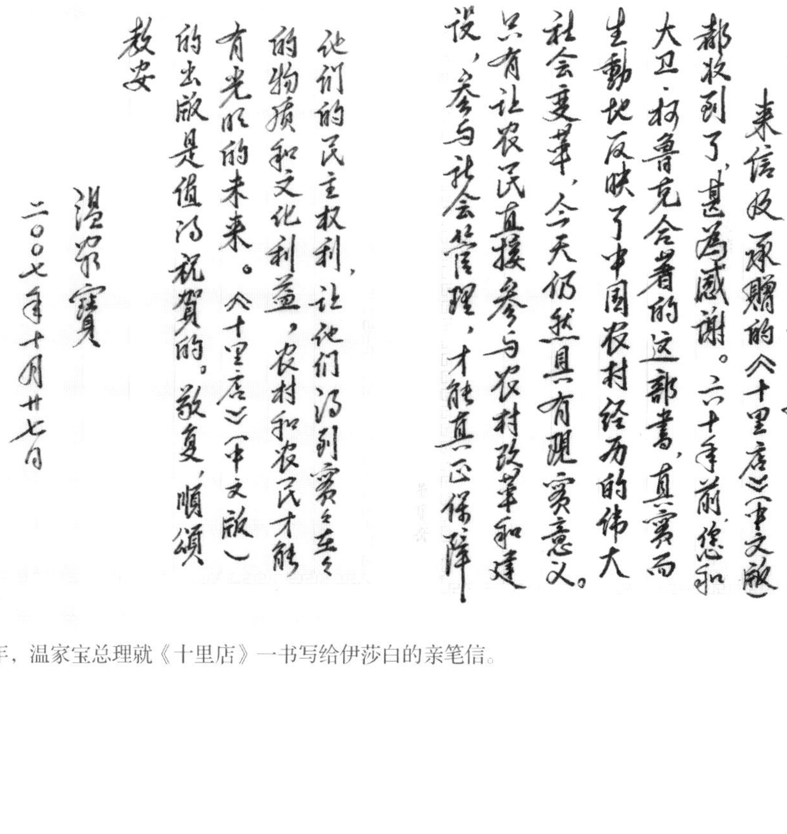

尊敬的伊莎白·柯鲁克女士：

来信及承赠的《十里店》(中文版)都收到了，甚为感谢。六十年前您和大卫·柯鲁克合著的这部书，真实而生动地反映了中国农村经历的伟大社会变革，今天仍然具有现实意义。只有让农民直接参与农村改革和建设，参与社会管理，才能真正保障他们的民主权利，让他们得到实实在在的物质和文化利益，农村和农民才能有光明的未来。《十里店》(中文版)的出版是值得祝贺的。敬复，顺颂

敬安

温家宝
二〇〇七年十月廿七日

2007年，温家宝总理就《十里店》一书写给伊莎白的亲笔信。

1948年夏天，伊莎白夫妇应中共之邀来到石家庄西部一个叫作南海山的小村庄，为叶剑英、王炳南领导的外事学校（北京外国语大学前身）教授英语，为即将诞生的新中国培养外事干部，从此开启了他们全新的人生道路。作为新中国英语教学园地的拓荒者，他们在此辛勤耕耘了60多年。

1948年，身着土布军装的柯鲁克和伊莎白夫妇在南海山外事学校。

1950年，伊莎白与她的学生合影。

作为人类学家的伊莎白,不辞辛劳地一次次走进中国边远山区,走进少数民族地区,调查了解不同人群的生存方式与生活状态,分别在四川省理县、汉源县和璧山县大兴镇进行社会调查。2013年98岁高龄时,伊莎白将当年调研收集的史料重新加以整理、编写,出版了《兴隆场——抗战时期四川农民生活调查(1940—1942)》一书,为我们留下了那段历史的鲜活记忆。

伊莎白、柯鲁克在北京生育了三个儿子,他们继承了祖父母所从事的教育事业。(1954年文幼章拍摄于北京西苑)

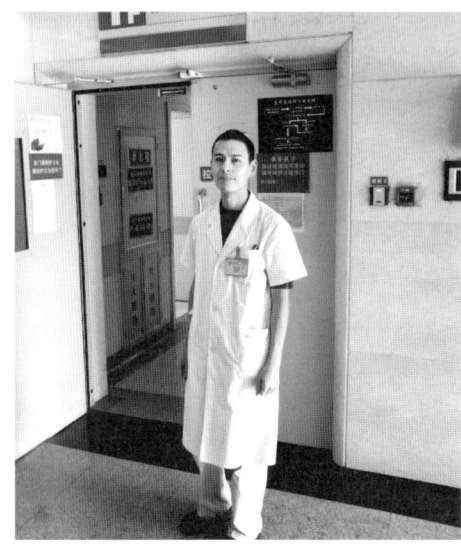

2010年7月，伊莎白的孙子柯霜晨从北京大学医学部临床医学专业毕业。同年底，作为家族在中国生活的第五代，他来到祖辈生活工作过的华西坝，成为一名烧伤整形医生，延续着家族与中国，与华西坝的情缘。

Nova, Lang, Echo, Isabel, Paul, Michael

2012年，伊莎白的两个曾外孙女在北京出生。迄今，连同伊莎白的姥姥在内，她的家族共有6代在中国生活过，四代出生在中国。目前有四代人幸福地生活在北京。

"中华人民共和国友谊勋章"获得者伊莎白与儿子柯鲁。

伊莎白与同被授予"中华人民共和国友谊勋章"的库里科娃女士合影。

2019年9月29日,伊莎白荣获"中华人民共和国友谊勋章"。

伊莎白是一位善良、宽厚、坚韧、睿智的伟大女性,无论受到何种打击和磨难,她总是以宽广的胸怀和宽容的微笑面对人生。这位年过百岁的老人,将自己的一生奉献给了她所热爱的中国。今天,伊莎白依然居住在北京外国语大学一栋普通的教师公寓里。

社会工作者——茱莉亚·布朗（Julia Brown）

茱莉亚·布朗于1917年11月15日出生在四川成都，父亲饶和美是原华西协合大学教育系主任，母亲饶珍芳创建了中国第一所蒙特梭利幼儿园。布朗是伊莎白的妹妹。从华西加拿大学校高中毕业后，茱莉亚回到加拿大，在多伦多大学攻读社会工作专业并获得硕士学位，后又考取美国宾夕法尼亚哈弗福德学院，获社会与技术辅助专业硕士学位。

抗日战争期间，齐鲁大学、金陵大学、金陵女子文理学院、燕京大学南迁华西协合大学。回到成都的茱莉亚在金陵女子文理学院教授英语。

单纯的英语教学让茱莉亚感到，英语作为一种技能似乎并不能让她触摸一个人真正的内心，作为一个社会学硕士她更愿意接近生命的意义。1942年，她回到多伦多投身于社区儿童救助工作，帮助那些想要在情感需求上得到满足的孩子。此外，茱莉亚还认为，在孩子出现问题之前的预防工作是很重要的。因此，她将救助与预防结合起来，为生活在底层的孩子提供各种帮助，走进他们的内心，让这些孩子成为有用之才。

世界和平的使者文幼章（James G. Endicott）

文幼章于1898年12月出生在四川乐山，是加拿大传教士文焕章之子，1909年与弟弟成为华西加拿大学校的首批学生。他在加拿大完成大学学业，获文学学士、神学学士、神学博士学位。

中国抗日战争期间，他率领医疗队四处奔走，救死扶伤。解放战争时期，他反对内战，冒着被国民党特务暗杀的危险，在成都少城公园激情演讲。1949年5月，他出任加拿大和平大会主席，组织了"禁止原子弹"请愿活动。1952年荣获"列宁和平奖"，1957年当选世界和平大会理事会副主席和国际和平学会第一任会长。

文幼章在家人的支持下，在多伦多编辑出版了《加拿大远东通讯》，目的是向他的同胞们宣传新中国鼓舞人心的发展，敦促加拿大政府加快与中华人民共和国建立友好关系。

文幼章还是一位教育家。在四川期间,教会安排文幼章给中国学生上英语课。在很长一段时间里,他把主要精力放在了改革英语教学方法上。他倡导生动形象的英语教学方法,亲自撰写课文和教师手册,还编著了《直接法英语读本教授书》,与朋友合编了《新语法词典》。这些读本由中华书局出版,累计印刷超过四百万册,在中国内地英语教学中被广泛采用。

1938年汉口沦陷后,文幼章为新征入伍的士兵演讲,鼓励他们抗击日本侵略者。

1939年,中国军官护送文幼章和牧师弗雷德·欧文到四川的一处军事基地为新兵进行抗日演讲。

1952年3月，文幼章在中国东北调查美国发动的细菌战。图为文幼章在辽宁沈阳附近与中国消毒人员交谈。

1952年，文幼章夫妇访问中国时拜会中华人民共和国中央人民政府副主席宋庆龄。新中国成立后，文幼章为发展中加友好关系做过许多工作，与周恩来、宋庆龄、郭沫若、黄华、廖承志等都是多年的好友。

1959年10月，毛泽东主席接见文幼章率领的世界和平大会理事会代表团。

1972年1月，文幼章自1949年以来第四次访问中国。周恩来总理会见了他，并亲切称赞他为"中国话说得比中国人还好的外国人"。文幼章打趣地对周恩来说："还有人笑我的中国话是带四川口音的呢。"

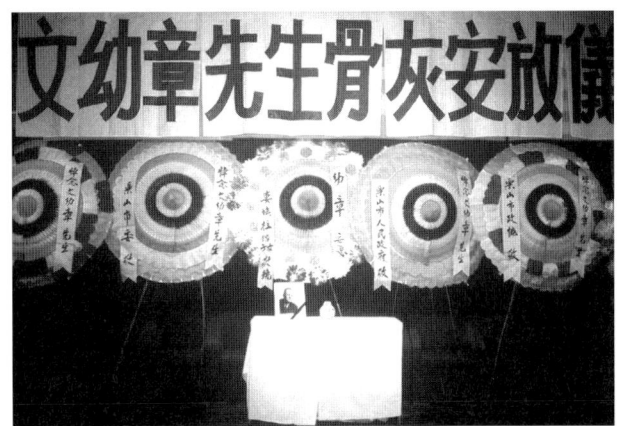

1993年，文幼章在加拿大病故。他的亲人遵循遗嘱将他的骨灰撒进了出生地乐山市的大渡河中。图为在乐山举行的"文幼章先生骨灰安放仪式"。

致力于宣传中国的文忠志（Stephen Endicott）

文忠志，文幼章之子，1926年出生于上海，华西加拿大学校学生。文忠志一生致力于宣传中国和促进中加友好。出版有《文幼章传》等著作。文忠志先生现居住在加拿大多伦多。

图为20世纪80年代出版的《文幼章传》。2003年，《文幼章传》入选中国国际友人研究会再版的《中国之光》丛书，成为对中国近代史有着重要影响的图书之一。中国外交部原部长黄华为此书作序并亲自将书送给文忠志先生。

20世纪80年代初，文忠志作为访问学者在四川大学教书期间，在四川省什邡县向阳公社调研，撰书《红土地》介绍中国的改革开放。

为中加建交做出积极贡献的鲍勃·埃德蒙兹（Bobert Edmonds）

鲍勃·埃德蒙兹，1928年出生在加拿大多伦多，随父母来到四川，在自贡度过童年，后成为华西加拿大学校学生。他的父母1921年就来到中国，是加拿大联合教会的全职教育者之一，曾在自贡一中教书，父亲曾任一中校长。

1950年，鲍勃·埃德蒙兹从多伦多大学毕业，获现代历史文学学士学位，后在美国哈佛大学学习中国相关专业。一年后，他重返多伦多大学攻读研究生，方向为英国历史。1952年，他进入加拿大外交部工作。他在38年的外交生涯中，曾先后在印度尼西亚、新西兰、老挝、瑞典、匈牙利、联合国（纽约）、梵蒂冈（罗马教廷）和意大利等地任职。1953年，曾在渥太华担任过中国事务的主管干事。1968年至1970年，他作为中加建交谈判小组的加方成员，直接参与了中加建交工作。2004年9月，鲍勃·埃德蒙兹应中国外交学会邀请重访中国并回到他的成长地——四川。2007年3月，鲍勃·埃德蒙兹突发心脏病在加拿大去世，享年79岁。

加拿大驻华大使苏约翰（John Small）

苏约翰，华西协合大学建筑总工程师苏继贤（苏木匠）的小儿子，1919年12月出生于成都，1927年至1935年就读于华西加拿大学校，16岁回到加拿大继续接受教育。

苏约翰一生经历丰富。1941年至1945年在加拿大皇家海军服役期间被借调到英国皇家海军，先后在北大西洋和地中海服役。战争结束后，苏约翰回到圭尔夫和多伦多大学学习。1950年，他作为农业贸易官员被派往加拿大驻荷兰大使馆工作。1958年，他被派往香港负责中加小麦贸易工作。20世纪60年代初，中国遭受连续三年的自然灾害，苏约翰提请加拿大政府拿出更灵活的方式和政策帮助中国度过危机，并着手启动中加小麦贸易秘密谈判的工作。在时任加拿大总理约翰·迪芬贝克的支持下和农业部长阿尔文·汉密尔顿的巧妙安排下，苏约翰灵巧周旋，最终以比国际市场低廉的价格向中国出售了76.2万吨小麦和32.7万吨大麦，及时为中国提供了人道主义帮助。

他在外交职业生涯中，曾两次被派往巴基斯坦，带领加拿大代表团参加巴黎的经合组织并在其中发挥重要作用，担任英联邦副秘书长（经济学），担任驻马来西亚大使等。

1972年10月22日，也即是苏约翰走马上任当天，《人民日报》在第六版上发表了题为《加拿大驻华大使到京》的新闻，全国人民代表大会常务委员会委员长朱德元帅接受苏约翰递交的国书。1976年10月，苏约翰不辱使命，圆满结束4年任期后载誉回国，在此期间他为中加关系的发展做出了积极的贡献。苏约翰于2006年5月在加拿大去世，享年87岁。

加中友协创始人苏威廉（William Small）

苏威廉，华西协合大学建筑总工程师苏继贤之子。1917年出生于四川乐山。1934年，17岁的苏维廉从华西加拿大学校初中毕业后，回到加拿大多伦多念高中和大学。1941年重返中国，在华西协合大学任会计主任及英语讲师。1952年离开中国回到加拿大。

苏威廉一生致力于中加友好关系的促进工作，成为"加拿大加中友好协会"的创始人之一。他积极组织策划各种"中国专题"研讨会、座谈会；组织友好访华团，接待访加的中国访问团。他热衷于参加与中国有关的一切活动，并为积极促进两国建立外交关系做出了不懈的努力。2003年2月4日，苏威廉突发心脏病去世，享年86岁。

1978年，应中国人民对外友好协会的邀请，苏威廉率CS校友团访问中国。这是他们离开中国以后首次访华。图为在毛泽东旧居与中国东道主合影。代表团中有3位是加中友协成员：苏威廉（前排左四）、凯瑟琳·赫肯（Katharine B. Hockin，左三）、云达乐（最后一排左七）。

"友好大使"云达忠（Bill Willmott）

云达忠，云从龙之子，1932年出生于四川成都，在华西加拿大学校完成初中、高中学习，后来先后就读于美国俄亥俄州欧柏林大学和加拿大蒙特利尔麦吉尔大学，取得社会学、文学学士学位和人类学硕士学位。

云达忠一生致力于与中国的友好交往，他热爱中国，宣传中国，曾任新西兰中国友好协会主席达10年之久，迄今已率领20多个友好代表团访问中国。1986年，他受聘为山西大学社会学名誉教授。1998年，他受聘为甘肃省山丹培黎学校名誉校长。同年，他荣获"路易·艾黎荣誉奖"。2001年，因在中新两国关系中所做的重要贡献而荣获"新西兰一级爵士勋章"。2002年中国人民对外友好协会授予他"友好大使"称号。2008年获新西兰克赖斯特彻奇市荣誉市民奖。云达忠现居住在新西兰。

心系中国的云达乐（Donald Willmott）

云达乐，云从龙之子，加中友协创始人之一，1925年出生在四川仁寿，1942年毕业于华西加拿大学校。云达乐的父亲云从龙曾帮助和掩护中共地下党，是当时中共地下党川康特委主要领导人张友渔和马识途的好友。受其父亲的影响，在重庆期间，云达乐与郭沫若、陶行知及其他中国进步人士交往甚深。抗战结束后，他先后取得美国俄亥俄州欧柏林学院学士学位、密歇根大学硕士学位、康奈尔大学的东南亚项目博士学位。云达乐原计划毕业后回华西协合大学教书，但因朝鲜战争爆发而未能实现其愿望。回到加拿大后，云达乐在多伦多约克大学任社会学和远东问题研究所教授，1995年退休。现居住在加拿大欧文桑德市。

在云达乐的心目中，中国永远是他的家。仁寿一中的前身华英中学是一所教会学校，他的父亲云从龙为第一任校长。图为2008年4月云达乐在仁寿一中与学生亲切交谈。

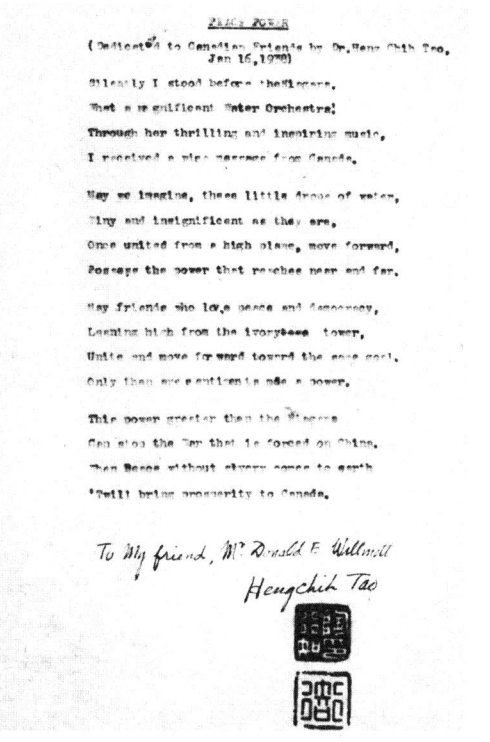

郭沫若于1945年送给云达乐的书法作品

陶行知于1938年送给云达乐的诗

传承中加友谊是云达乐终身的愿望。2006年以来,他的中国情结再次萌发出新的生命火花。作为加拿大老照片项目的加方顾问,他与妻子云丽兹以及女儿云巽悦为此项目倾注了大量心血,包括收集资料、扫描照片、联系相关家庭等,使华西坝一百多年的历史重新得到社会的广泛关注,使百年前建立的中加友谊得以延续。云丽兹没有访问过中国,但中国始终在她心中。经过他们的积极努力,欧文桑德市与成都市大邑县建立了友好城市关系。

为中加友好做出积极努力的爱丽丝·格里菲斯（Alice Griffiths）

爱丽丝·格里菲斯1913年出生在加拿大安大略省卢坎镇，在成都度过童年，是华西加拿大学校学生。

从1980年起，爱丽丝担任加中友好协会会长，多次率团访问中国，为中加友好做出了积极的努力。2003年6月22日，在庆祝爱丽丝90岁生日的活动上，中国人民对外友好协会授予她"人民友好使者"的称号。2012年11月30日，爱丽丝在多伦多去世，享年99岁。

爱丽丝·格里菲斯（右二）和云达乐夫妇、苏威廉夫妇以及中国驻多伦多总领事馆的工作人员在她家合影。

传播中国文化的凯瑟琳·赫肯（Katharine B. Hockin）

凯瑟琳·赫肯，1910年出生在四川峨眉山，1918年至1925年在华西加拿大学校学习，之后回到加拿大继续念书。1936年，凯瑟琳作为妇女传教士回到四川，与同是妇女传教士的母亲一道，在四川各地的初、高中教授英语和宗教课程。1947年，她进入美国哥伦比亚大学攻读教育学博士学位，主攻中国教育。1949年，她再次回到四川，担任中国基督教四川分会秘书，1952年离开中国。

离开中国后，作为加中友协成员，凯瑟琳一生致力于传播中国文化，促进中加友好。

1978年，应中国人民对外友好协会邀请，3位CS孩子、加中友协成员苏威廉（左一）、云达乐（后站立者）、凯瑟琳（右一）访问中国，重回他们日夜思念的中国故乡。

志同道合的谢道生夫妇（Dr. Charles William and Norma Ena Service）

谢道生（1914—1978）和妻子诺尔玛（1913—1996）均出生于成都，谢道生是著名的加拿大医学传教士、外科医生谢道坚的儿子。诺尔玛是著名的加拿大传教士、牙医学博士唐茂森的女儿。他们都是CS学校的学生，也是唯一一对成为夫妻的CS孩子。1926年谢道生回到加拿大继续念书，后进入多伦多大学学习医学。毕业后，他在多伦多西部医院和儿童医院读研究生，成为儿童医院的首席外科医生，后来又成为住院外科医生。

1942年，谢道生被派往华西协合大学工作，诺尔玛与他同行，成为社会工作者。1944年，谢道生被派往重庆担任重庆仁济医院院长，同时担任国际救援委员会主席。1945年谢道生与诺尔玛在孟买结婚，1948年全家回到加拿大。回国后，谢道生成为世界教会董事会成员和第一位非任命的董事会主席，同时担任加拿大联合教会海外分会的创会主席。1949年，谢道生获得皇家外科学院研究生学位，1957年获得美国外科学院研究生学位。

1978年，谢道生在夫人诺尔玛的陪同下，率安大略省林瑟区桑福德·弗莱明爵士大学代表团访问了中国。

谢道生的医师考试证书。（1946年）

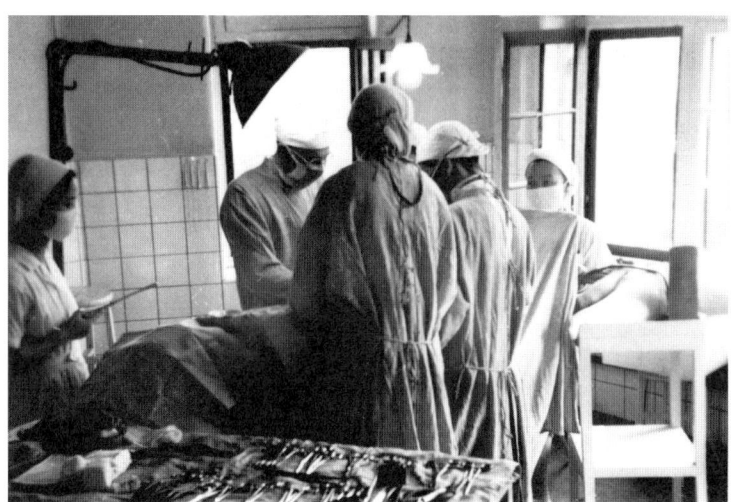

谢道生（后排左二）与重庆仁济医院的同事为患者做手术。（1946年）

医学博士伊丽莎白·布瑞曼（Elizabeth Bridgman）

伊丽莎白·布瑞曼于1923年出生在中国四川，华西加拿大学校学生，同学们通常叫她贝蒂（Betty）。1942年春天，贝蒂和她的父母离开中国回到了加拿大。在多伦多大学学习医学后，她成为一名医生。作为一名医学志愿者，贝蒂把自己的一生奉献给了西非安哥拉的医疗和儿童救助事业。

实业家希拉·刘（Sheila Liu）

希拉·刘儿时就读于华西加拿大学校，后毕业于金陵大学，曾在上海一家中国大型制药公司任英文秘书。

她的丈夫吉拉尔德·张毕业于美国康奈尔大学工程系。夫妇俩运用吉拉尔德工程设计的技能，精心设计制作出精美的独具中国元素的家具，并将其推广到世界各地。

此后，希拉·刘又在美国纽约第三大街1059号创办了"东方上海"酒店，将自己对中国文化的理解设计进酒店之中，使之成为美国东海岸最漂亮的酒店之一，得到了众多客人的青睐，也使生意蒸蒸日上。

希拉·刘认为自己的成功得益于童年在华西加拿大学校学习、生活的经历。

放射治疗先驱哈罗德·琼斯（Harold Johns）

哈罗德·琼斯1915年6月4日出生于四川灌县。父亲是四川华西协合大学数学与天文学教授，母亲在华西加拿大学校任教。他与三兄弟和一个妹妹在华西加拿大学校读书。

哈罗德在加拿大完成大学学业，数学和物理都很优秀。在多伦多大学研究生学院学习低温物理，获得学士、硕士、博士学位。他在物理电子学、放射学研究方面卓有建树，与人合作研发安装了加拿大第一台电子感应加速器，并以此在纯物理和射线治疗领域展开前沿研究。哈罗德著有《放射物理学》一书，并率先将放射治疗肿瘤用于临床实验。

物理学家萨姆尔·巴特多夫（Samuel Batdorf）

萨姆尔·巴特多夫1914年3月31日出生于四川荣县，华西加拿大学校学生。离开中国后，他先后在英国、美国上学，毕业于美国加州大学伯克利分校，1931年获得文学硕士学位，1938年获得博士学位。他在高端物理、导弹系统研究、电子与航空、通讯卫星等方面都卓有建树。

教育家葛秀兰（Margaret Julia Graham）

葛秀兰1912年11月22日出生于浙江绍兴（她是第一位在那里出生的外国人）。她的父亲葛维汉（David Crockett Graham）是华西协合大学博物馆首任馆长，曾经在华西协合大学担任人类学、考古学、民族学教授。葛维汉还参与发掘四川三星堆遗址，为推动三星堆文明的问世做出过重要贡献。

葛秀兰幼年时随父母来到四川，1923年至1925年就读于华西加拿大学校。

葛秀兰一生致力教育事业，同时特别关注她的出生地——中国。1966年她曾参与编辑和制作《加拿大学校——西部中国新闻》的工作。

1980年，葛秀兰回到成都，在华西医科大学医学院80级医学英语班担任30名特殊学生的英语讲师，她的主要职责是为这一组医科学生教授英语口语。在那一年里，她还招募了几位美国游客作为客座演说者，让学生练习日常会话。1986年夏天，她再次回成都，参加她所教的30名学生的毕业典礼（见下图）。1987年，葛秀兰离世。

1986年，华西医科大学80级医学英语班毕业典礼合影。第二排右六为葛秀兰。

医学博士霍华德·里杰斯坦（Howard Liljestrand）

霍华德·里杰斯坦于1911年出生于美国爱荷华州的滑铁卢区。4岁时，他父母由卫理公会派往华西进行医疗工作，他也跟随来到华西。他的父亲里杰斯坦在华西协合大学担任医学系教师33年。1927年，霍华德和他的母亲以及3个兄弟回到美国。1933年，霍华德毕业于俄亥俄州卫斯理大学公共艺术系，随后就读哈佛医学院。

为了到中国进行医学传教士工作，1938年1月到1939年10月，霍华德在夏威夷州火奴鲁鲁女皇医院实习并当住院医师。由于战争，他到中国的计划没能实现。此后，他先后在多所医院从事医疗工作。

第四章

往事华西　情牵百年

心灵的守望

1949年至1952年，CS孩子们依依不舍地陆续离开了这片留下他们童年难忘岁月、他们的先辈为之奉献了几十年的土地，回到加拿大。

几十年过去了，这些CS孩子从未忘记自己的"中国家乡"，从未忘记自己是"四川老乡"，从未中断过对他们心中"故土"的深深思念，魂牵梦萦的中国情更是紧紧相随一生。

他们的家族和中国的历史紧紧连在一起，他们的心与中国紧紧连在一起。他们会唱四川儿歌，会说四川话，有的甚至留下遗嘱，要把骨灰带回成都，撒进华西坝钟楼前的荷花池……

离开中国后，CS孩子满心都是感伤，因为他们太热爱这片生养他们的土地。许多人认为他们家族对中国的奉献将会随时间的推移而消逝，再不会留下任何痕迹，家族的故事只能永远埋藏在他们的心底。他们只能以他们的方式保留在成都上学和生活的记忆，表达对中国的思念、对中国的爱。

难以割舍的中国情

在仁寿出生的云达乐

云达乐大学毕业后立志回到中国。他寻找伴侣的条件之一就是婚后跟他到中国。然而由于种种原因,他未能如愿。离开中国时所写的一首十四行诗,足以表现他当时的惆怅心情:

离开中国去国外
哦,一只孤独的鹭
在飞往南方
它穿过正在消退颜色的
日落,濒临死亡
两只翅膀已变得迟缓
正勉强带着从家里
飞过晨昏的光辉
飞向大海
因你一开始飞翔
你的飞行便已结束
你是否也感受到这种悲凉
在你心中
这深深的沮丧

第四章：往事华西　情牵百年

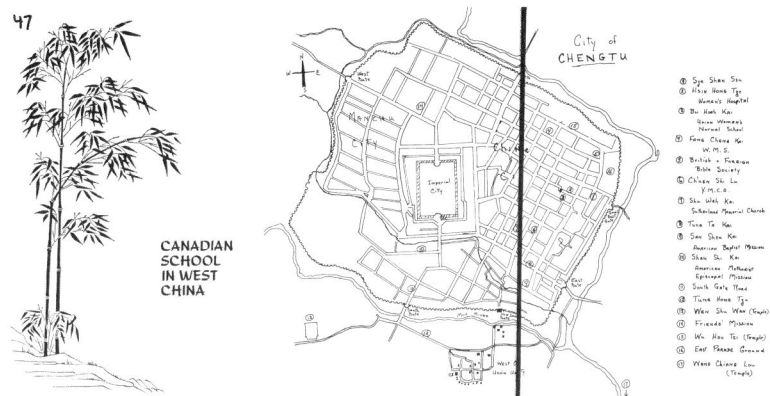

《华西加拿大学校》一书是CS孩子们为纪念华西加拿大学校成立60周年而汇编成集的岁月篇章。

CS孩子通过其中的文章，记录了他们在中国快乐成长的岁月和各种逸闻趣事，表达了他们因对华西校园的依恋而产生的难以忘怀的情结和对中国文化的认同。

该书的内容包括华西协合大学的创建、华西加拿大学校的历史沿革、CS孩子的中国成长经历等，其中的地图、绘画、诗词、乐谱以及许多珍贵的老照片已成为难得一见的档案资料，具有极高的可读性和文史价值。

华西加拿大学校校歌歌谱。

这首由黄素芳作词、Brockman Brace谱曲的《加拿大学校之歌》，一直被CS孩子传唱至今。歌词大意：

华西加拿大学校，父亲为我选择，因此有一天我来到这里。

在工作、游戏的厅堂，修炼和完善自己。

啊！加拿大学校，我们深深爱你，我们的童年时光，与你密切联系。

当我们听到生命的召唤，当那一刻我们站立或者跌倒，我们将按照你的标准，做真实的自己。

随处可见的中国元素

除一年一度的CS聚会外,中国的春节聚会也是CS孩子们怀念中国的方式之一。图为1985年中国春节聚会邀请信。聚会内容为:由凯瑟琳谈她第四次访问中国的印象。

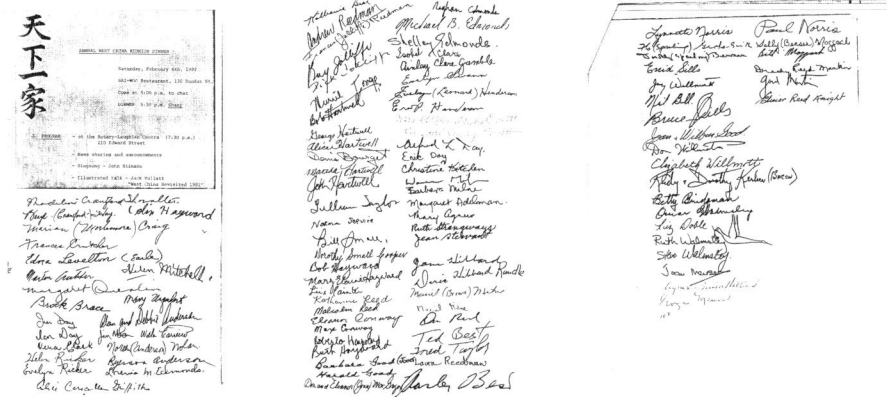

图为1982年春节在多伦多聚会的安排及签到单。聚会内容为:由吉士道的儿子杰克(Jack Mullett)以图文方式与大家分享1981年重访中国的见闻。

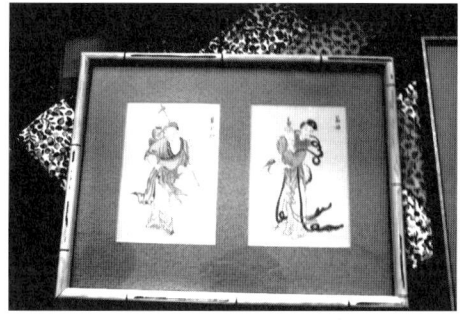

走进许多CS孩子的家，你会忘记这是在加拿大。他们总会在客厅、书房和房间的重要位置，存放着中国的绣品、瓷瓶、台灯、陶俑、饰品、服装、玉器，等等。这些与中国有千丝万缕关系的物品，已经走进了他们的生活，走进了他们的心里，相伴他们度过怀念中国的岁月。

忘不掉的"家乡味道"

"星期五晚餐"是凯瑟琳发起的纪念中国文化的方式之一。来吃晚餐的客人必须使用筷子享用中餐。

贝丝（Beth Leach）一如既往地保持着自己常年的习惯，时不时地总要亲自下厨炒几个川菜与朋友分享，特别是有中国友人的时候。她认为没有什么比"家乡的味道"更能体现自己对家乡的思念。

珍妮（Jean Hooper）：

启尔德的孙女，启真道的女儿，1930年出生在成都。无论春夏秋冬，她总爱穿印有中国字的衣服或者佩戴有中国元素的胸针。她也特别喜欢中国菜。图为她在接受电视台记者采访时对记者说："我在温哥华最喜欢的地方是中国城。这里有很多中国餐馆、中国商店。我每个月至少会去中国城一次。我非常喜欢在那里享用中国菜，买些包子带回家蒸着吃。中国朋友还教我怎么做饺子。"

重返中国家园

2008年一次偶然的机会，北京和平世界书画院加拿大老照片项目小组与CS孩子有了联系并了解到他们的故事。经过多年的不懈努力，他们从加拿大收集了大量资料和照片，在四川省成都市有关部门和大邑县政府以及加拿大驻华大使馆的支持下，分别在北京和成都组织了5次"回家"活动、8次展览，出版了大型图册《成都，我的家》。

CS孩子们带着他们的子女应邀一次次回到中国，看到中国人民还是一如既往地淳朴和友善，看见家族的事迹被尊重、被公认、被缅怀、被铭记，他们深深地感动了。中国之行化解了他们长期郁结在心里的阴霾，取而代之的是对中国人民深深的感激之情。

2008年3月，4位CS孩子分别带着他们的子女参加在北京鲁迅博物馆举办的"大洋彼岸的中国情怀——来自加拿大的珍藏照片世纪展"。

2008年4月,出席完北京鲁迅博物馆"大洋彼岸的中国情怀——来自加拿大的珍藏照片世纪展"开幕式后,4位CS孩子带着他们的子女重回他们儿时的家园,在华西坝钟楼前合影。

2008年4月,4位CS孩子在留下他们太多童年记忆的华西加拿大学校的阶梯前留影。
从左至右:文忠志、黄玛丽、云达乐、陆英蕙。

2010年5月,"岁月留痕——来自加拿大的成都旧影"主题摄影展落户成都市大邑县新场镇,12位CS孩子及其后代专程前来参加展览开幕式。

大邑县新场镇展览开幕式现场

四川大学华西医院热情接待了这些"老华西人的后代",与他们畅谈并介绍医院发展史。

在先辈生活、工作过的地方留影。

参观先辈创建的医院和教学中心。

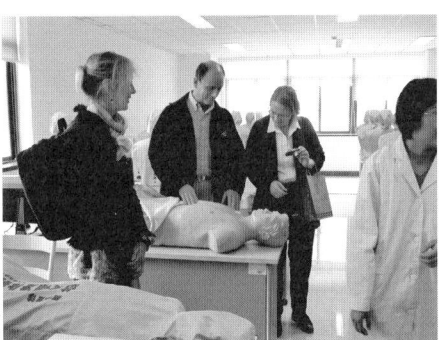

2010年5月，CS孩子带着他们的子女应邀参加大邑县新场镇展览后回到华西坝，在加拿大学校阶梯前合影。
第一排（从左至右，下同）：David Walmsley、Enid Sills、Stephen Walmsley、Elinor Reed Knight、Laura Lynne Sills
第二排：张琦、Jean Zamin、郝清华、李晓松、Marion Endicott、Michael Crook、Muriel Milne

2011年8月10日，文忠志率子孙一行16人访问他出生和工作过的地方后，专程前往大邑县新场镇观看展览。他在留言薄里写道："这次参观新场的展览，我感到非常高兴，深受鼓舞。这让我回想起为了中国和中国人民的福祉，我们的先辈所做的努力和贡献。向展览的举办者表示祝贺。" 图为文忠志亲自为子孙讲解家族故事。

第四章：往事华西　情牵百年 | 177

2012年4月21日，"大洋彼岸的中国情怀"老照片展览、《成都，我的家》图书发行仪式在中国国际广播电台隆重举行，共有28位CS孩子及他们的后代前来参加活动。图为开幕式现场。

2012年4月26日，CS孩子及他们的后代参加在成都宽窄巷子举办的《成都，我的家》图书首发式暨老照片展览开幕式剪彩仪式。

2013年6月11日,在成都市大邑县政府的支持下,"百年历史影像馆"在大邑县新场古镇正式开馆。850平方米的展馆陈列了上千张照片。这些照片展现了一个多世纪以前在四川的加拿大人为中国人民做贡献、传播文明、传播医学、普及教育的故事。14位CS孩子携子女专程从加拿大赶来参加开馆仪式。图为开幕式后在影像馆前留下见证中加友谊的历史瞬间。

2013年6月11日,CS孩子们纷纷写下心中的感言,留下对"家"深深的思念。

第四章：往事华西　情牵百年　|179

　　CS孩子们和他们的后代在展馆中找到了自己家人的照片，激动地站在家族故事的展板前留影，对自己的先辈为中国所做的贡献感到无比的骄傲，也为中国人民知恩感恩的品德所深深感动。

2013年，米玉士的3个外孙女在翻新中的华西加拿大学校楼前合影，她们的妈妈、姨妈和舅舅曾经在这里上学。
从左至右：Libby Lennie，Dorie Preston，Cathy Allison。

2016年11月，四川大学华西公共卫生学院和北京和平世界书画院加拿大老照片项目小组在奠基于1915年的华西加拿大学校大楼里建立了华西加拿大学校陈列馆，将一百多年前发生在这栋楼里的故事展呈在这里。11月9日，17位CS孩子及其后代回到华西坝，在留下他们童年欢声笑语和难忘记忆的大楼前出席盼望已久的开幕式。

华西加拿大学校陈列馆开幕式现场。

加拿大驻重庆总领事馆总领事欧阳飞祝贺华西加拿大学校陈列馆成立。（左）
四川大学副校长李虹在开幕式上致辞，感谢当年的加拿大友人对中国医学和教育的贡献，感谢CS孩子为中加友谊所做的不懈努力。（右）

CS聚会委员会主席菲利斯在发言中回忆道:"看到先辈们住过的地方和使用过的实物得以展示,我很感动。能带我的女儿路易斯来看看我童年度过的地方,是非常特别和激动人心的体验。看到我们在成都读书时的许多照片,还有这座美丽的建筑,真是太有趣了。我们希望它能长久开放,供人们参观。我对这所学校有着许多愉快的记忆:校友、教师、午夜的聚餐、游戏、五月柱的舞蹈、体育比赛、游泳池、跟加拿大的冠军Bill Small学习打网球、踢足球……我曾经住在这栋楼的二楼,那间开窗的房间就是我们住过的寝室。"

黄玛丽发言说:"我感到很荣幸,来到这座美妙而古老的建筑——成都的加拿大学校,我们的家。这所学校承载着太多的回忆,读书学习、体育运动、音乐舞蹈课以及各种趣事和我们的成长。我和这所学校、这座城市共同度过了漫长的岁月。我出生在成都的家——我父母的住宅。这个家就在加拿大学校的楼里。我父亲黄思礼是学校的校长,他在这里任校长25年。这所学校在学生中建立了一种大家庭的观念,这种观念使同学之间的友谊得以延续终生,也使我们与我们出生的国家有一种与生俱来的、割舍不断的友好情谊。我们的目标是促进我们两国的友谊与和平。

"今天,在这座美丽的加拿大学校建筑里建立了记载我们美好记忆的陈列馆。馆里陈列的许多由CS孩子捐赠的年代久远的文物及各种艺术品将作为纽带,等待更多的加拿大人来到这片伟大的土地参观并感受中国人民的友好情谊。"

陆英惠说道:"我在这座建筑里上过幼儿园和小学低年级,然后转到仁寿学习一年。在我之前,我的大哥也上过这里的幼儿园。非常感谢你们提供这个机会让我发言。首先我要感谢老照片项目小组,是你们的远见、坚持不懈和责任心使这一天到来。我还要特别感谢四川大学公共卫生学院慷慨邀请我们这些加拿大人来这里参加加拿大学校博物馆开幕典礼,这是我们的荣誉和礼遇。我个人还要感谢你们接受来自我家庭的物品。这些物品都是中国制作的,有些已有上百年历史。它们是你们祖辈的精美工艺的代表。我也要感谢我的家庭与中国的渊源。不仅因为我出生在成都,还因为我父亲于1900年出生在上海,他的父亲于1887年到中国传教。我的祖父母在山西工作了40余年,退休后在烟台去世。我们家庭成员中有5人在中国去世并安葬在中国,所以在我心中,我对中国的感情如此深厚,这毫不奇怪。"

2016年11月,17位CS孩子和他们的后代再次来到成都,回到他们童年时代的家——华西坝,参加华西加拿大学校陈列馆开馆活动。

在现场,黄玛丽将她的外祖父母启尔德和启希贤1894年结婚时的定情物——明代花瓶捐赠给陈列馆。(左)
启尔德的外孙大卫·沃姆斯利(David Walmsley)向陈列馆捐赠他爷爷黄思礼的油画。(右)

他们一起走进陈列馆,看着熟悉的教室、礼堂、寝室以及记录着他们童年故事的展板和他们捐赠给博物馆的珍贵物品,寻找着自己儿时的记忆。

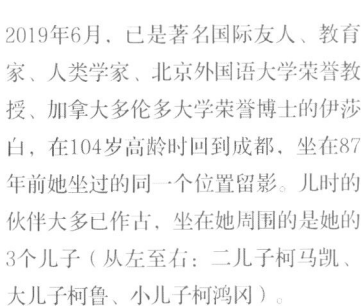

2019年6月，已是著名国际友人、教育家、人类学家、北京外国语大学荣誉教授、加拿大多伦多大学荣誉博士的伊莎白，在104岁高龄时回到成都，坐在87年前她坐过的同一个位置留影。儿时的伙伴大多已作古，坐在她周围的是她的3个儿子（从左至右：二儿子柯马凯、大儿子柯鲁、小儿子柯鸿冈）。

2019年11月，启尔德的孙女Marion Walker携女儿Debbie再次访问成都，回到她出生、成长、学习的华西坝，在难忘的CS学校阶梯上与老照片项目小组的成员及朋友合影留念。从左至右：申再望、向素珍、Marion Walker、Debbie、王晓梅、张萍。

CS 孩子的珍藏

几十年过去了，CS孩子们无数次辗转迁徙，但他们最舍不得扔掉的就是陪伴他们度过童年时光的件件物品。今天，一个个满头白发的CS孩子拿出珍藏之物，赠予成都市大邑县新场镇百年历史影像馆和四川大学华西公共卫生学院华西加拿大学校陈列馆。这些物品是百年历史的缩影，是早期在四川的加拿大朋友为梦想而奋斗的见证，是CS孩子在大洋彼岸执念中国的记忆。

这是华西加拿大学校校长黄思礼当年用过的照相机。这部看似普通的老照相机，为我们留下了许许多多珍贵的历史瞬间。本书里许多CS孩子的故事就出自它的镜头。大卫·沃姆斯利将爷爷的相机捐赠给了成都市大邑县新场镇百年历史影像馆。

这些捐赠物品中，经文物专家鉴定，许多都是具有文物收藏价值的珍品。其中的两个小瓷碟是英国名牌瓷器Wegewood，由于日军轰炸成都被震坏，后经成都工匠用传统的补钉手工修补，正面几乎看不出裂痕，显示了高超的非遗技艺。捐赠物品中还有出版于1910年的珍贵的、几乎绝迹的原版书——启尔德所著的 *Heal the Sick*（《治病救人》）。启尔德在书中讲述了多年在成都行医的真实经历，怎样用西医给成都人治病，清末成都人的生活环境及方式，成都的社会习俗、常见疾病、中医中药等。

CS孩子们捐赠的文献资料

CS孩子们捐赠的衣物、用品、器物

第四章：往事华西 情牵百年 | 189

CS孩子们捐赠的纸皮影

这套纸皮影制作于20世纪30年代，这些栩栩如生的人物画面取材于《聊斋志异》里的故事《赵城虎》。该故事讲述了一只老虎吃了一个七十多岁的老妇人的儿子，老妇人悲痛欲绝。这只老虎知道后良心发现，主动去官府自首，自愿承担起了赡养老妇人并为她送终的义务。当地人特地为这只老虎建立了一座"义虎祠"。据木偶皮影方面的专家讲，这套纸皮影无论是制作还是所反映的内容都堪称精品。在四川收藏的皮影里还没有纸皮影，这套作品填补了四川皮影藏品的空白。该捐赠品共两套，一套捐赠给了华西加拿大学校陈列馆，另一套已被成都市博物馆木偶皮影博物馆收藏。

世代相传的"CS聚会"

1936年10月,黄思礼、启真道、云从龙回加拿大休假,在多伦多发起了一场聚会,始称"华西俱乐部"。后来,这个聚会被他们的后代传承下来,成为至今一年一度的CS聚会。这场延续了80多年的聚会,从未间断,已经传承了4代。

每年金秋10月的第一个星期六,来自加拿大各地甚至海外的CS孩子以及他们的后代都会如期相聚在加拿大多伦多的一家中餐馆里。这是他们心灵守望的"中国之家"。一年一度的聚会是他们心中的期盼,因为每一年的这一天,他们会回到童年的时光,与远在大洋另一边的中国进行一次心灵的对话。每一次聚会,他们都会用四川话喊上一句"开始吃饭";每一次聚会,他们都会拿出自己家族珍藏的四川老照片和藏品相互分享与回味。每一年的聚会都有不同的主题,但大主题只有一个,那就是他们的家族与中国的情缘。

重返故里是CS孩子一生的梦。那些有机会重返中国的幸运者,将会成为他们羡慕的对象。在中国的各种见闻和照片,会成为这一年聚会的重要话题。

1945年的多伦多聚会。后排左一为启真道、左二为黄思礼。

1969年6月22日，近300名华西加拿大学校的校友重聚多伦多。他们是为了庆祝"华西加拿大学校成立 60 周年"这一隆重的日子。威廉·瑟维斯在建校纪念会上致辞说："我们的学校成立于一个古老而伟大的文化中，这个文化正处在变革时代，与之相连的是这个文化中的伟大人民，他们的思想具有难以估量的价值。"

2006年10月的多伦多聚会。图左是为中加建交做出积极贡献的鲍勃·埃德蒙兹。在这次聚会上，由他发起了老照片项目。几个月后的2007年3月，他突发心脏病在加拿大去世。

2010年5月，10位CS孩子及他们的后代专程来成都参加在成都市大邑县新场镇举办的"岁月留痕——来自加拿大的成都旧影"展览开幕式。图为他们用PPT给大家介绍老照片项目的发展过程。

Back Row: Peter Webster (67), David Spooner (78), Malcolm Reed(78), Dorothea Smale (Hoffman)(78), Bill Hibbard(87) Neil Bell(88), Robert Kilborn(88), Maurice Stinson(64)
Middle Row: Elinor Knight (Reed)(79),Eric Webster(70), Joan Good (Rackham)(80), Dora Ann Stinson(72), Noreen Nolan (Anderson)(89), Enid Sills (Walmsley)(81), Marion Walker (Walmsley)(79), Phyllis Donaghy (Allen)(75), Newton Reed(87), Frances Hilliard (Kilborn)(84), Frances Service(59)
Front Row: Barbara Good (Jones)(91), Omar Walmsley(85), Katherine Wray (Veals)(87), Muriel Tonge (Kitchen)(89), Gwen Heatherington (Kitchen)(87), Doris Rundle (Hibbard)(88), Anne Kenard(83), Betty Bridgman(87), Jean Bell(87), Mary Walmsley(86)

2011年参加聚会的CS孩子们

2013年CS聚会主题：纪念5个在四川的教育和医学传教士家庭互相联姻的故事以及庆祝大邑县新场镇百年历史影像馆开馆。

2015的聚会共有150人参加。启尔德的外孙女黄玛丽向大家介绍华西加拿大学校的发展过程和即将在华西公共卫生学院开幕的华西加拿大学校陈列馆。左图：介绍1915年华西加拿大学校奠基照片；右图：介绍经过翻修的现在的华西加拿大学校照片。

2015年的CS聚会在合唱加拿大学校校歌中结束。这首歌伴随了CS孩子一生,还将由他们的后代继续传唱下去。

悠悠中国情

从2008年至2016年，CS孩子和他们的后代共70多人（次）应邀回到四川，回到他们魂牵梦萦的"家"。从小听着家族在中国的故事长大的CS孩子第二代、第三代，有幸来到故事发生之地，亲身感受和触摸他们祖先为之奋斗的点点滴滴，他们的心被深深震撼了！重回四川的CS孩子和他们的后代提笔将自己的肺腑之言付诸笔端，一封封充满儿时记忆的信函，一篇篇催人泪下、感人肺腑的感想飞越太平洋，将一百多年前那段发生在中华大地上的情缘链接、延续、传承……

云达乐（Donald Willmott）：

我于1925年出生在仁寿，我有一位中国奶妈，在我学习英语之前，我跟她学习中文，因此直到现在我讲中文时仍有四川口音。我1942年毕业于华西加拿大学校。

毕业之后，我学习了一年大学英国文学课程，然后到成都郊外的一所中学教授英语。在这里我和许多学生成了朋友。男孩们常常跟我交谈，练习英语，但女孩们害羞，只用中文跟我聊天，其结果是我讲中文时就带了"娘娘腔"。

后来美国陆军招收我担任翻译，我被派到重庆司令部做文员，承担打字工作。这项工作很枯燥，但是业余活动令人兴奋，我加入了中国基督徒合唱队，陪同延安代表团访问重庆，与宋庆龄夫人共进午餐，拜会陶行知博士和他的育才学校，还拜会了郭沫若。后来我被派到西安，最后到了安徽战区。离开中国时，我有了很多中国朋友，中国许多地方给我留下了美好印象。我与中国朋友保持着通信，5次回到中国访问，受到他们的欢迎。

美国陆军离开中国时，我本来计划留在华西协合大学教书，因为我在那里长大，加拿大联合教会也同意了我的计划，可是朝鲜战争的爆发终止了我的计划。

回到加拿大后，我在多伦多参与了加拿大中国友好协会的创建。2006年底，我和我的妻子最先响应老照片项目小组的请求，提供了传教士在中国的照片，成为项目小组的加方顾问。近期我们还促成了加拿大欧文桑德市与成都市大邑县建立友好关系。我的心永远属于中国。（摘译）

云达忠（Bill Willmott）：

在仁寿的岁月是我们最难忘的。记得1949年复活节的周末长假，我决心回访仁寿。我邀请同学保罗·史密斯一同骑自行车去仁寿，路程40公里，对我来说是一次怀旧之旅，对他来说则是一次全新的冒险。

我们在星期五那天抵达仁寿，星期六沿着仁寿唯一的大街闲逛，在店铺里买了两块芝麻糕，然后去作坊参观师傅制作芝麻糕。师傅用一个竹子编的有孔筛子，把原糖筛进混合的食材里，本来应将杂质留在筛子里，但他把杂质也倒进了食材里。

星期天，我们动身返回成都。当我们翻越一个山坡时，保罗的车链子断了，我们推车下山，步行到接店铺（音），那里没有自行车店，我们当晚只好在一家小旅店投宿。大约半夜两点我们就醒了。我们叫醒了旅店老板，付了房费，在黑夜中推着自行车步行回成都。我们走到成都郊区，找到了一家自行车店修好了车链，然后骑车回到了城里。抵达华西协合大学校园时，正是清晨，人们集聚在哈特学院前的草坪上做露天晨拜。我骑车回到家，躺倒在床上。好一个周末！（摘译）

戴维·斯普勒（David Spooner）：

我在成都出生，并在这里长大。对我来说，回到四川华西坝，重游加拿大学校，看看父亲曾经教书的化学楼和校园钟塔是多么难得。

百年历史影像馆中挂着的大幅照片让我印象深刻。看到带着主题的家族照片集中展现，我非常激动。大邑县新场镇展馆重现了那段历史，这是对中加友谊的见证。（摘译）

陆英蕙（Beth Leach nee Lutley）：

2012年，我带着我的儿子戴维来到中国参加《成都，我的家》发行仪式，此行让我有机会跟儿子戴维分享我"家乡"的故事。多年来他一直听我讲故事，现在他终于对故事发生的地方有了了解。

我的父亲拍摄了许多有关中国的照片（还有电影和印刷品），这些照片帮助我尽可能多地记住了我在中国的生活。（摘译）

朱迪思·沃克（Judith Outerbridge Walker）：

我1940年2月14日出生于成都，1948年进入华西加拿大学校学习，直到学校关闭。1950年12月和姐姐卡罗琳、弟弟克瑞随父母离开中国。

我们的童年充满欢乐，孩子们的友谊充满欢乐，我们彼此分享秘密，做游戏，参加体育竞赛。我们还演戏剧，举行音乐会和朗诵会，我们自由自在地攀爬树木，在大学校园里游逛，和中国孩子们玩耍，他们教我们捉蟋蟀，用麦秆编笼子，教我们用脚踢硬币和羽毛做的毽子。那是一段令人难以忘怀的幸福时光。尽管我的父母拉尔夫医生和玛格丽特·奥特布里奇1938年才去到中国，但他们回到加拿大却常常思念自己的中国学生、朋友，常常因为担心永远失去他们而感到悲伤。

中国与加拿大恢复外交关系后，父亲开始寻找他的中国学生。他的学生中有的后来赴温哥华继续深造，我父亲也再次成为他们的老师和人生导师。

百年历史影像馆里的家族故事让我们感动。他们那时多么年轻，多么真实，为了自己的信仰与一批"服务至上"的年轻人来到中国，寻求改变自己人生的经历。他们融入异国他乡，接受着中国人的影响，将"爱"无限升华。这种相互影响和互敬互爱的经历被镌刻在百年历史影像馆。他们将足迹留在了中国大地上。（摘译）

肯·约翰斯（Ken Johns）：

在成都，我们参观了熊猫基地、华西医院，受到医院领导的热烈欢迎，也看见了那熟悉的钟塔。我的祖父母曾在这里工作，我的父亲在这里出生。

我们参加了百年历史影像馆的开馆仪式，并在约翰斯家族的展板前接受了采访，我感到非常激动。看着那么多熟悉的照片将永远在中国展示，我感到仿佛我的家族回到了故乡，他们欣然走出画面，来到我们中间。

登上回国飞机，我深怀感激之情。我希望还能回到中国，回到我们的"家"。（摘译）

利恩·怀韦尔（Lynn Wyvill）：

在中国的10天里，我和丈夫罗恩亲身体会到了这种热情。我们的心总是暖暖的，满是惊喜。尽管我们出生在加拿大，没能在中国生活过，但我们有一种宾至如归的感觉。新场影像馆为多年遗失的友谊敞开了大门。我的祖父年轻时来到这里，渴望能帮助别人。我为他感到骄傲，我也为自己能参加这次不可思议的旅程而感到骄傲。（摘译）

云巽悦（Carole Ann Willmott）：

人们说，一张图片胜过千言。但当我看到这些跨越了数十年，跨越了大洋和不同语言的照片，感觉其价值能抵万金。作为传教士的第三代，我始终感到与中国有着亲密的联系，特别是对四川，那是我父亲成长的地方。我小时候，和父亲童年时代的朋友的子女一起玩耍。我们家里装点着来自中国的地毯、桌布、花瓶和瓷器，那都是我祖母凯瑟琳收集珍藏的，如今这些物品装点着我自己的家。我是多么幸运，有这么多来自中国文化的遗产丰富我的生活。

通过老照片项目小组我开始得知，在很多年以前，中国很少人有照相机，所以几乎没有留下什么反映他们过去工作和生活的照片。在20世纪，那些中国人在照相馆拍摄的肖像照，也因漫长的动乱而遗失或者摧毁。但是在加拿大、美国甚至澳大利亚，传教士的后代保存着许多珍贵的照片。2007年，老照片项目小组的志愿者们开始收集和展览这些照片。

我的父亲云达乐对照相着迷。当他二战期间在美军部队服役时，他有了一台照相机。在我们的家庭相册中，有父亲拍摄的许多有关中国的照片。当老照片项目启动之后，我的父母非常热情地投入其中。我们是最早贡献照片的家庭，我们还代表老照片项目小组收集了其他许多家庭的照片。这些照片通过老照片项目而得以重放光彩。

作为这项非常重要的事业的加拿大顾问，我感到莫大的荣幸。我承担了这些珍贵图片的整理和数字化工作。我同加拿大其他代表于2010年、2012年和2013年访问中国。2010年我接待了老照片项目小组的代表，陪同他们访问安大略省南部的传教士家庭。通过分享这些历史图像，老照片项目小组唤醒了旧时的回忆，创造了新的记忆。（摘译）

凯茜·阿利森（Cathy Allison）：

我与妹妹多萝茜和利比应邀来到中国参加百年历史影像馆开馆仪式，纪念祖辈们曾经做出的贡献，参观他们曾经生活和工作的地方，我们有宾至如归的感觉，既温暖又有些紧张。这是我第一次来到中国。

我们的祖辈们在中国非常动荡的时期来到四川，为中国人民服务。这些照片以及照片背后的故事在百年历史影像馆完美地呈现出来，是对那个时期人民生活的特别记录和真实写照。我在那里找到了自己家族的照片，了解到了先辈在医学和教育领域做出的贡献，这些直到今天仍然受到高度赞扬和纪念，作为他们的后代，我感到自豪。

我们亲身体验了中国式传统的好客，亲眼看到了你们美丽祖国的美景，我们会把这些美妙而持久的记忆带回家。这是我一生中一次极不寻常的体验！（摘译）

多里·普雷斯顿（Dorie Preston）：

我们去四川华西医科大学之前，去看了正在翻修的华西加拿大学校。那是我们母亲、姨妈和舅舅20世纪20年代上学的地方。我们在美丽的校园里漫步，看到那些我们曾经听说过的地方，如钟塔、荷花池、医学院、牙科学院、化学大楼和药学大楼，非常激动。我们在外祖父米玉士医生的雕像前拍了合影。作为米玉士家族的代表，那是非常自豪的时刻。如果外祖父和我们的母亲海伦知道加拿大人留下的遗产为中国所保护和纪念，一定会非常自豪。（摘译）

利比·伦尼（Libby Lennie）：

我到中国是怀着敬仰的心情来向外祖父米玉士医生致敬的。我的外祖父于1909年来到中国，几年后成为了华西协合大学药学院的院长。他的教案和文章都是用中文书写的。中国成了他的家乡。他在中国组建了家庭并生活工作了41年。

小时候常常听父母讲外祖父母的故事，我非常珍惜那些记忆。

走进百年历史影像馆，那是一种难以用语言形容的感动。在记录着众多家族故事的展板中，我找到了自己的外祖父，眼泪湿润了我的眼眶。有多少人一生中曾经历过他们得到的这种尊重？有多少人能像他们这样被爱着、珍惜着、纪念着？幸为米玉士的外孙女，能够作为代表团的一员来到这个一直驻在我们心里却从没去过的"家"。这是我一生的荣幸，语言无法表达我深深的感激之情。（摘译）

菲利斯（Phyllis Beverley Donaghy）：

一百多年前，我们的先辈来到一个很遥远的国度——中国！

他们希望将自己精湛的医术奉献给中国人民。我相信，如果他们今天站在这里，他们一定会对这个礼物——展现这段历史的漂亮的影像馆和图片展充满喜悦和感激之情。作为他们的后代，我们出生在四川的不同地方，在这个伟大的国家度过了难忘的童年，这对我们来说是独一无二的美妙而特殊的经历。在这里，我代表传教士的后代，代表我们的家人，代表我们已故的父母和祖父母们，深深地感谢你们！

黄玛丽（Marion Walmsley Walker）：

中国对我意味着什么？为什么我如此热爱我出生的这片土地？因为我爱她带给我的许许多多美好的记忆。

我喜爱竹子，它是世界上最美丽的树种。许多年前，美丽的女诗人薛涛用各种各样的竹子制作信笺。每次来成都，我都会带着我的孩子在这个公园里喝茶。我喜爱熊猫，我还记得熊猫小宝宝在加拿大学校的草坪上玩耍。在那里我父亲拍下了我和姐姐伊妮德的照片。我有一匹马，名叫塞拉维。斯莫尔先生说它用马蹄在道路上飞奔，这多有趣呀。费尔普斯先生送给我一副美丽的马鞍。我喜欢夏天到峨眉山的旅行，我总是请求轿夫背我上山。我爱我的姆娘李东云，她对我那么和善，还教我说汉语。她的脚被缠过，走路一颠一跛，脚趾很痛，走路很辛苦。我爱仁寿。我们的老师是夏普小姐，大家都害怕她。有一天仁寿下雪，我父亲是校长，决定学校放假。我们跑来跑去，从竹叶上收集积雪，然后把雪放进一台小机器制作冰激凌。此前我从来没吃过冰激凌！

我还记得门房用两块石头磨花生酱。厨师做的中国菜非常可口，每周做两次。每到星期六，我们都吃米饭，还有锅巴。每逢星期三晚上，我们吃肉臊面，很香。我还记得在阶梯边的竹林下埋藏着宝藏，我不知道它们是否还在那里。（摘译）

伊妮德·西尔斯（Enid Walmsley Sills）：

在我的记忆中，我们家就在校园旁边，抬眼就能看到气势如洪的钟楼。它突兀而立，俯瞰纵横交错在校园里经人工敲打而成的无数道路。对于当时年纪还小的我来说，它看起来很遥远。

记得有一天我生病了躺在床上，哥哥格伦说需要我配合他，于是我硬撑着跟他出去。他让我坐在离地面很高的竹篮子里，篮子的两端用绳系在高高的树上。我的父母见此情景非常惊慌，他们担心我会从不结实的篮子里坠落下来，然而格伦解释说，他想要做一个拉力实验。为了测试自制的降落伞，他准备把我们个子小的孩子绑在降落伞上，然后从楼上的阳台抛出去，落在楼下的人行道上。最初他是把一辆玩具车绑在降落伞上，结果玩具车被摔得粉碎，于是他决定不再用我们做实验了。

后 记

◆ 向素珍

由北京和平世界书画院加拿大老照片项目小组编著的《华西有所加拿大学校》一书即将出版。这是继《成都,我的家》之后又一本反映华西坝那段特殊历史的图书。

2012年,我们出版了《成都,我的家》,该书讲述了一百多年前一批加拿大传教士来到四川安家落户、兴学办医的故事,我们也因此与这些传教士的后代结缘。

在成都华西坝坐落着一栋百年老建筑,是这些传教士的子女当年上学的地方,名叫"华西加拿大学校"(Canadian School in West China),在这里上学的孩子称自己为"CS 孩子"。1974年,"加拿大学校校友会"编辑出版了一本书,书名叫《华西加拿大学校》,书中记录了CS 孩子在中国快乐成长的岁月和各种逸闻趣事,表达了他们对华西校园的依恋和对中国文化的认同。

亦如他们的先辈在中国的故事一样,华西加拿大学校的历史带给我们的感动和震撼是同样巨大的。如果说一百多年前在华西传播医学和教育的加拿大人留给我们的是永远造福后代的伟业,那么他们的子女——CS 孩子则将他们与中国割舍不断的情感代代传递,延续至今。这份珍贵的友情连接昨天,更通向未来。

于是,我们决定编辑出版《华西有所加拿大学校》这本书。

我们希望读者通过这本书,知道在遥远的大洋彼岸有一群金发碧眼的"四川老乡",他们与我们不同国籍、不同种族、不同语言,但他们与我们同心、同脉、同德。

Epilogue

◆   Xiang Suzhen

Canadian School in West China, authored by the Canadian Old Photography Project Group of the Beijing Peace World Painting and Calligraphy Academy will soon be published. After *Chengdu, My Home*, this is yet another book that reflects a special part of Huaxiba's history.

In 2012, we edited and published the book *Chengdu, My Home*, which detailed the stories from more than a hundred years ago about a group of Canadian missionaries that came to and settled down in Sichuan, and built a school and provided medical care there. As such, we and the descendants of the missionaries met and formed ties with each other.

On Huaxiba sits a century-old structure, which was where the children of these missionaries once studied, called the Canadian School in West China. The children who went to school here referred to themselves as the "CS kids". In 1974, the Canadian School Association edited and published a book called *Canadian School in West China*, which recorded the CS kids' joy of growing up in China and various other interesting tales and tidbits as a way to express their uncontrollable longing of the CS campus and their identification with Chinese culture.

Just like the stories of their ancestors in China, the history of the Canadian School in West China moves and amazes us to the same immense degree. If the spread of medical and educational goodness by these Canadians in western China more than a century ago is a great and benevolent endeavor that will forever benefit future generations, then the unbreakable and affectionate bond shared between their children—the CS kids and China is a legacy that has been passed on for generations to this very day. This priceless friendship is a linkage to yesterday, but even more importantly an avenue leading to tomorrow.

Thus, we decided to edit and publish the book *Canadian School in West China*.

We hope that readers of this book will realize that on the other side of the ocean there is a group of fair-skinned "old Sichuanese". Although we have different nationalities, belong to different races and speak different languages, we share the same spirit, the same legacy and the same mentality.

参考书目及文献：

1. The Canadian School Alumni Association.Canadian School In West China (1909-1950), the Hunter Rose Company, 1974.
2. 加拿大老照片项目小组．成都，我的家．成都：四川文艺出版社，2012.
3. 黄思礼．华西协合大学．秦和平，何启浩，译．珠海出版社，1999.
4. 文忠志．文幼章传．李国林，周开顽，叶上威，罗显华 译．成都：四川人民出版社，1983.
5. 四川大学史稿：第Ⅵ卷．成都：四川大学出版社，2006.
6. 金开泰．百年耀千秋．北京：中国文化出版社，2010.
7. Omar L. Kilborn.An Appeal for Medical Missions China. Heal The Sick. The Missionary Society of the Methodist Church, 1910.
8. The Missionary Society of the Methodist Church. Our West China Mission, 1920.
9. Omar L. Kilborn.Chinese Lessons for First Year Students in West China, Canadian Methodist Mission Press, 1917.

图片和资料提供者：

Donald Willmott, Marion Walmsley Walker, David Walmsley, Stephen Endicott, Robert Kilborn, Beth Lutley Leach, Babara Good, Jack Mulllett, Donald Reed, David Spooner, Lorraine Small, George Plewman, Dong Smith, Michael Crook, Marion Ball, Kevin Best, Phyllis Beverley Donaghy, Judith Outerbridge Walker, Lynn Wyvill, Ken Johns, Cathy Allison, Dorie Preston, Libby Lennie, Pat Brown, Glenn Edward Owen, Bryce Vicker Oswen, Jolliffe Charles Kyle, Marion Elizabeth Emiry, Neil Linton Bell, Jean Hooper, Jean Zamin, Charlotte Thomas.